Reiner A. Hampusch

Mellerts Fälle
2. Paradis perdu

Kriminalroman

FSC
www.fsc.org
MIX
Papier aus ver-
antwortungsvollen
Quellen
Paper from
responsible sources
FSC® C105338

Bibliografische Information der Deutschen Nationalbibliothek:
Die Deutsche Nationalbibliothek verzeichnet diese Publikation in der
Deutschen Nationalbibliografie; detaillierte bibliografische Daten sind im
Internet über http://dnb.dnb.de abrufbar.
© 2021 Reiner A. Hampusch
Herstellung und Verlag: BoD – Books on Demand, Norderstedt
ISBN: 978-3-7543-9583-7

Für Gisela, Kathrin und meinen treuen Lesern und Leserinnen.

INHALT

Ein Tag Anfang Juli 1932	8
Am nächsten Tag	13
Ende Juli 1932	22
Das nächste Opfer	31
August 1932	37
Marte Scholz	41
Erste Erfolge?	52
Das Netz ist ausgelegt	59
Tanzschule Kunzel	66
Oktober 1932	69
Spuren im Gras	72
März 1933	75
Anfang April 1933	82
Ein Hiddenseekind	88
Mai 1933 - Fluchtpläne	92
Mellerts Bedenken	95
Juni 1933	97
Ende Juni 1933	106
Hinter dem Deich	112
August 1933	118
Der alte Feind	122
Warten – warten	129
Auf der Pirsch	132
Hessel	140
Verbrannt	144
Ende September 1933, eine neue Spur	148
Gertrud	152

Rettung   161

Erkenntnisse   167

Das Verhör   173

Konsequenzen   186

Epilog   193

Anhang   200

dramatis personae   200

Die Serienmörder der Zwanziger und dreissiger

Jahre   205

»Ich wolle sie nicht umbringen. Ich wollte nur,
dass sie endlich aufhören, zu heulen!«
Der Serienmörder Thieße bei seinem Geständnis
vor Inspektor Mellert

EIN TAG ANFANG JULI 1932

»Maammie!« Anna-Maria Mellert rannte auf ihren kurzen Beinchen, so schnell sie konnte, auf ihre Mutter zu. Marie war in die Hocke gegangen und breitete die Arme aus. Aber klein Anna-Maria stolperte über ihre eigenen Füßchen, plumpste auf den Bauch, rappelte sich so schnell wie möglich wieder auf und fiel mit einem Jauchzen ihrer Mutter um den Hals. »Mammie! Hundi spielt!«, rief sie aufgeregt.

Marie war aufgestanden, ihre Tochter auf dem Arm. »Mellert! Was hast Du mit unserer Tochter gemacht?«, fragte sie streng.

»Nüchs. Wir sind nur ein wenig spazieren gegangen und da war ein Hund ...«

»Ein Hund?«

»Und Annama wollte mit ihm spielen.«

»Ach ja?«

Mellert überhörte die Drohung in Maries Stimme. »Aber, Annama war Sieger!« Stolz klang mit und auch ein bisschen Angst.

»Mannomann! Wenn ich Dich schon mal mit unserem Kind gehen lasse.« Inzwischen war Marie mit Annama auf dem Arm und Mellert im Haus angekommen. Maria gab Anna-Maria, aus Bequemlichkeit, und weil es kürzer war,

Annama gerufen, einen Klaps auf den mit Windeln dick bepackten Hintern. »Ab ins Bad. Wir müssen dich waschen, Schmutzfink.« Und Annama lief lachend und hüpfend über das Parkett des Flurs und verschwand im Bad. Marie gab Mellert einen flüchtigen Kuss auf die Wange, schmierte etwas zinnoberrote Ölfarbe von ihren Fingern dazu und lief ihrer Tochter hinterher. Mellert verfolgte seine beiden Frauen mit unbändig stolzen Blicken. Er fand, dass Marie von Jahr zu Jahr schöner wurde, und trotz oder gerade wegen ihrer gegenwärtigen Schwangerschaft (in zwei Monaten ist es so weit) noch begehrenswerter war. Er seufzte kurz auf und begab sich zur Terrasse. Dort wartete eine Sitzgruppe aus weißen Korbsesseln und einem niedrigen Tisch. Er setzte sich in seinen Lieblingssessel und sah sich zufrieden um. Ihr Grundstück grenzte an einen lichten Kiefernwald. Die Nachbarn wohnten in Villen aus der Jahrhundertwende, während ihr Haus in seinem unverkennbaren Bauhausstil wie ein Fremdkörper wirkte. Marie hatte schon für den Nachmittag gedeckt. Und wie es aussah, erwarteten sie Besuch. Maries Eltern? Nette Leute, die Mellert sofort und ohne Wenn und Aber in ihre Familie aufgenommen hatten. Sie lebten von ihrem Reichtum, den sie aus dem Verkauf der Maschinenbaufabrik, die Maries Großvater großgemacht hatte und dem Erbe ihrer Mutter. Mellert nannte sie für sich die Buddenbrooks, obwohl sie nicht so waren. Eher bescheidene Leute ohne Allüren. Mellert freute sich jedes Mal, wenn sie, was selten vorkam, zu Besuch kamen. Es war auch kein Wunder, denn das Ehepaar war viel auf Reisen. Aber sie wussten jede Menge zu erzählen. Und Maries Mutter war eine Meisterin des Erzählens. Er liebte es, wenn sie als alte Hamburgerin über den »spitzen Stein stolperte«.

Mellert griff nach einer bereitliegenden Broschüre und schlug sie an der Stelle auf, in der ein Lesezeichen steckte. Es handelte sich um eine Abhandlung über Verhörtechnik. Ab und zu musste er lächeln. Sein Eindruck über den Autoren war, dass dieser zwar psychologisch gebildet war, aber noch nicht an vielen Verhören teilgenommen hatte. Als er sich mit Marie drüber unterhielt, meinte sie nur trocken: »Dann schreib Du doch darüber.« Und Mellert dachte immer noch über diesen Vorschlag nach. *Warum nicht?* Doch erst musste er zu Ende lesen - wenn er dazu kam. Er hob den Kopf, legte die Broschüre zur Seite und stand auf. Über den Rasen stapften Anna und Aaron auf ihn zu. »Anna, Epsteiner!«, rief er, »Wie immer pünktlich zu Kaffee.«

Sie umarmten sich. »Bei Dir ist er am billigsten«, grinste Aaron, während Mellert Anna einen schmatzenden Kuss auf die Lippen gab. »Hm, Du schmeckst einfach zu gut.« Er hielt sie an den Hüften von sich und sah ihr ins Gesicht. »Schickes Kleid!«

»Mehr gibt's nicht! Weder zu sehen noch zu schmecken, Mellert. Wo steckt Marie?«

»Im Bad. Sie versucht, unsere Tochter zu säubern - irgendwie.«

»Ah, dann warst Du heute mit Annama aus?«

»Jep«, verkündete Mellert stolz.

Anna verschwand im Haus und Mellert sah Epsteiner genauer an. »Was ist? Warum so ernst?«, fragte er.

»Wir sollen gleich morgen zum Dienstbeginn bei Gebbert erscheinen.«

»Weißt Du warum?« Sie setzten sich. »Cognac?«

Aaron nickte. Dann schüttelte er den Kopf. »Zu Erstens, ja. Zweitens: keine Ahnung. Er hat nur eine Nachricht hinterlassen.« Epsteiner legte ein A5-Blatt, einfach aus einem Notizbuch gerissen, auf den Tisch. »Mellert, Epsteiner. Morgen, acht Uhr bei mir. Gebbert« stand handschriftlich in großen Buchstaben geschrieben. Oben rechts prangte der Polizeistern Berlins. Das war alles. Mellert drehte und wendete das Blatt hin und her. Ein ungutes Gefühl beschlich ihn. Wenn Gebbert so kurz war, brannte irgendwo die Luft, und er sowie Epsteiner sollten irgendwelche Kastanien aus dem Feuer holen.

»Wie war die Fahrt?«, lenkte er ab.

»Anstrengend. Wieder Demonstrationen und Straßenschlachten. Die armen Schutzpolizisten, die dazwischen halten müssen.« Mellert schwieg dazu. Er besaß eine eigene Meinung, die er aber gegenüber Epsteiner, dem Superdemokraten, nicht äußern wollte. Außerdem war es früher Sonntagnachmittag, und sie waren zu Kaffee und Kuchen verabredet und nicht zu einem politischen Zirkel.

»Marie hat jetzt ein paar Schülerinnen und außerdem eine Dozentenstelle an der Kunstschule«, lenkte er ab.

»Endlich. Da ist sie sicher glücklich.«

»Und wie. Und nun noch die Schwangerschaft. Sie ist richtig aufgeblüht.«

»Und Hiddensee?«

»Muss warten. Vielleicht im Herbst. Im Oktober soll es dort noch schöner sein …«

»Schöner als im Sommer? Kann ich mir kaum vorstellen!«

»Ehrlich? Ich auch nicht. Aber wat dem een sin Nachtigall, ist dem annern sin Uhl.« Sie tranken sich zu. »Im nächsten Jahr will sie für ein paar Monate mit ihren Schülern ›rüber.«

»Ontel Aro!« Annama plumpste auf die Terrasse, stand umständlich wieder auf und wischte sich die Hände an ihrem

Kleidchen ab. Dann kam sie etwas vorsichtiger zu Aaron getrippelt. Sie blieb dicht vor ihm stehen, legte die Hände auf den Rücken, streckte ihr Bäuchlein heraus. »Tach!«

»Tach, Du kleiner Räuber.« Aaron zog sie zu sich heran und gab ihr einen Kuss auf die Stirn. In diesem Augenblick traten Marie und Anna auf die Terrasse. Sofort duftete es nach Kaffee und Kuchen. Ein schöner, ruhiger und bürgerlicher Sommer-Sonntagnachmittag konnte beginnen. Fernab von den politischen Wirren und Auseinandersetzungen im Deutschland.

»Na dann greift zu!«

AM NÄCHSTEN TAG

Und setzte sich fort am Juli-Montag des Jahres 1932; mit Sonnenschein und Temperaturen um fünfundzwanzig Grad schon am frühen Morgen. Doch Kriminaldirektor Gebbert interessiert sich nicht fürs Wetter. Gebbert stand unter Druck - der Innenminister und der Polizeipräsident machten ihn. Der politischen Entwicklung und der Gerüchte wegen, die durch die »Rote Burg« schwirrten. Man munkelte hinter vorgehaltener Hand, dass sich bald etwas ändern würde. Gebbert verschloss seine Augen und Ohren. Er war Beamter. Was sollte ihm schon passieren. Aber die Gedanken konnte er nicht aussperren.

Das war aber nicht der Grund, weshalb er Mellert und Epsteiner zu sich bestellt hatte. In der Provinz lief es wieder einmal nicht, wie gewünscht. Er hatte sie in den großen Beratungsraum, in dem die wöchentlichen Rapporte der Direktoren und Besprechungen stattfanden, zitiert. Sie saßen sich an dem riesigen ovalen Tisch aus geschwärztem Eichenholz gegenüber. »Bis nach Berlin ist es noch nicht gedrungen«, begann Gebbert. Er klopfte auf einen niedrigen Stapel Akten. »Die Journaille hat hier andere Sorgen, als sich damit«, er warf einen Packen Zeitungen über den Tisch, »zu beschäftigen.« Mellert las die Überschriften: »Das vierte Opfer«, »Hiddensee! Mysteriöse Frauenmorde auf der Künstlerinsel!«, »Denkes und Harmanns Nachfolger – mysteriöse Morde …« Er schob die Zeitungen zu Epsteiner und sah Gebbert gespannt an.

»Die vierte Tote in einer Woche! Immer dasselbe Muster.« Gebbert schob angewidert vier Fotos vor die

Kriminalisten. »Sehen Sie sich das an!« Ein Aktendeckel kam über den Beratungstisch hinterhergeflogen und landete haarscharf vor dem Inspektor. »Mellert, jetzt sind Sie an der Reihe!«

Der nahm die Akten gelassen auf, blätterte die spärlichen Papiere oberflächlich durch, und stieß einen leisen Pfiff aus. Dann nahm er Bild für Bild in die Hand, sah es lange und genau an und reichte es an Epsteiner weiter. Der wurde blass bei dem, was er da sah. Er ahnte, was jetzt kommen musste.

Und so kam es auch: Gebbert sah in seinen Kalender. »Genau, Mellert. Also: Heute ist der Vierzehnte. Morgen reisen Sie ab.«

»Ist nicht Stralsund zuständig?«

»Natürlich. Die geballte Inkompetenz! Es interessiert mich nicht, was die da denken. Die Flaschen da oben sind nicht in der Lage, überhaupt Spuren aufzunehmen.« Er wusste, dass Mellert absolut nicht begeistert war. »Mellert, Sie sind der Chef der Mordkommission und der Mann der Stunde«, schmeichelte er, »und darum übergebe ich Ihnen offiziell den Fall. Gennat weiß Bescheid, er hat es abgenickt. Legen Sie los, machen Sie denen von mir aus Dampf unterm Arsch.« Und bevor Mellert noch etwas sagen konnte, donnerte er: »Nehmen Sie sich, wen Sie wollen oder denken zu brauchen, meinetwegen auch Epsteiner. Ohne den können Sie ja auch nicht.« Gebbert sah Mellert scharf an. »Und Ihre Mordkommission arbeitet ja auch, wenn Sie nicht hier sind. Machen Sie Fränzel oder Müller zu Ihrem Vertreter in Berlin.« Er dachte einen Moment nach. »Besser den Fränzel.« Er breitete die Arme aus und lachte, wenn auch etwas hämisch. »Ich erwarte Erfolg, schnellen Erfolg, der Innenminister und der Polizeipräsident ebenso. Ganz zu schweigen von der öffentlichen Meinung.«

Mellert seufzte. Nicht, dass er nicht gerne wieder in die alte Heimat gereist wäre. In den Urlaub! Aber nicht, um dort zu arbeiten!

»Dann dürfen wir uns verabschieden, Herr Direktor?« Der sah die beiden nicht mehr an, sondern tat so, als sei er in ein wichtiges Schriftstück vertieft. Mit der Hand machte er eine Bewegung, wie wenn er eine Fliege verscheuche. Mellert nahm Gebberts Ausbruch nicht übel. Er wusste, wie sehr sein Chef unter Druck stand. In Berlin war es schlimm genug, und nun kam auch noch die Provinz dazu. Mellert wusste von Gerüchten und den Querelen in der Regierung der Weimarer Republik. So etwas wirkt sich immer auch auf die Polizei aus. Doch egal, was es ist, es gab also noch eine Menge zu tun, bevor sie in den Norden fahren konnten. Er machte eine Bewegung mit den Augen. Epsteiner verstand und sammelte still die Fotos und Akten ein.

1924, nach der Aufklärung des Mordes an Hausmann, alias Schmitz alias Bergander, bezog Mellert das Büro von Gebbert und erbte sogar dessen Einrichtung. Gebbert residierte jetzt etwas weiter vorn. Auch wenn ihnen Hessel, der Chef der Mantelbande und ihr Hauptverdächtiger, durch die Lappen gegangen war, waren die Ermittlungen insgesamt erfolgreich gewesen. Und Mellert war überzeugt, dass er sich diesen Hessel immer noch greifen konnte. Sein Verdacht war, dass jemand aus der Stralsunder Polizei Hessel bei der Flucht kräftig geholfen hatte. Aber er konnte nichts beweisen.

In Vorzimmer saß Fräulein Hertel und sah ihn erwartungsvoll an. »Geht gleich los, Hertelchen«, sagte er im Vorbeigehen und ging in sein Büro. Im anderen Zimmer saß neben Epsteiner, der sich seit vier Jahren Kommissar nennen durfte, ein gewisser Hergert Müller, auch Kommissar seit dem vergangenen Jahr. Epsteiners Ernennung hatte sich immer wieder verschoben. Den Grund kannte weder Mellert noch Gebbert und auch Gennat wunderte sich immer wieder. »Ich frage nach«, brummte der Buddha und dabei blieb es.

Zur Kommission gehörten weitere Kriminalisten, die ein paar Türen weiter in den Büros arbeiteten, und die bei Bedarf hinzugezogen wurden; Fränzel und Schmittchen, die allerdings zwei schwere Morde im Scheunenviertel untersuchten. Meist waren sie jedoch mit Todesfällen beschäftigt, die sich in den seltensten Fällen als Mord oder Totschlag herausstellten; Sie waren sich sicher, dass es für ihren Fall politische Motive gab, aber Mellert winkte ab: »Mord ist Mord. Schnappen Sie sich den oder die Kerle, woher auch immer sie kommen.« Politik interessierte Mellert immer noch nicht, auch wenn die Zeiten alles andere waren, als dass man unpolitisch hätte sein können. Darüber sprachen Marie und Epsteiner auch immer wieder. Aber Mellert winkte ab. »Meine Abteilung nennt sich Mordkommission!«, darauf bestand er. Mord war Mord aus welchen Motiven auch immer. Und wenn die Provinzinspektionen nicht mehr weiterkamen, waren ja sie, die Berliner, da. Deswegen prangte seit einiger Zeit ein Messingschild: »Kriminalabteilung A, Mordkommission f. Preußen« neben der Tür zu Mellerts Büro.

Der Inspektor rauschte grußlos an Müller vorbei, der eben im Sekretariat stand und mit Fräulein Hertel geschäkert hatte, ins Büro, das durch eine Holzwand mit raumhohen Fenstern von den anderen abgetrennt war. Müller sah Epsteiner an und machte ein fragendes Gesicht. Doch Epsteiner winkte ab. »Es geht in die Provinz, Müller.« Sie gingen in ihr Büro. Er setzte sich hinter seinen Schreibtisch und begann Akten und

Unterlagen zu sortieren. »Mehrere Morde im Norden«, fügte er noch hinzu. Das musste als Erklärung reichen!

Mellert wuchtete sich auf seinen Drehstuhl und griff nach dem Telefonhörer. Er wählte die Zentrale. »Ja? Mellert hier! Verbinden sie mich mit meiner Frau. Danke, ich warte.« Natürlich wussten die Telefonistinnen, wer Mellert war und mussten nicht nachfragen. Er trommelte mit den Fingern auf der Tischplatte einen unruhigen Rhythmus.

»Ja? Hallo? Ah, Marie!« Er lauschte. »Nein, nichts Schlimmes. Wir haben wieder einmal auf Rügen zu tun. Wann?« Er sah zum Wandkalender. »Eigentlich morgen, aber es wird sicher einen Tag später.« Er lauschte. »Du kommst mit? Fein. Freut mich! Dann bis heute Abend.« Er winkte Epsteiner durchs Fenster, zu ihm zu kommen. »Ja, Liebes. Küsschen!«

»Danke, zu viel der Ehre.«

»Du doch nicht, Aaron.«

»Schade. Ich hatte schon gehofft.« Er stand jetzt neben Mellerts Schreibtisch. »Was gibt's?«

»Gute Nachricht für Dich. Wir fahren erst übermorgen nach Bergen. Na, was sagen Sie, Herr Kommissar?«

»Und der Haken?«

»Keiner. Wir untersuchen nur einen Serienmord.«

»Gott stehe uns bei.«

»Ich denke, Du bist Atheist?«

Epsteiner war schon an der Tür. »Vorsicht ist die Mutter der Porzellankiste. In unserem Beruf sollte man sich nach allen Seiten absichern.

»Manchmal ist es besser so.« Mellert winkte ab.

»Ich geh dann mal packen.«

»Nicht so eilig. Morgen stecken wir die Köpfe zusammen und legen einen Plan fest. Was hast Du gerade in Arbeit?«

»Todesfall im U-Bahnschacht am Wittenbergplatz.«

»Übergib ihn dem Müller.«

»Und dann noch die alte Dame im Stadtpark. Raubmord.«

»Kann auch der Müller machen. Ach ja - äh, Marie kommt mit. Wie sieht's mit Anna aus?«

»Ich denke, sie hat zu tun. Mit diesem Nobelpreisträger. Soll ich sie fragen?«

»Ich denke schon.«

»Wann fahren wir?«

»Sechs Uhr dreißig, Stettiner Bahnhof, wie immer. Kümmerst Du Dich um die Fahrkarten? Heute noch. Und sag Anna, es täte mir leid, wenn sie nicht mitkäme.«

»Das kostet eine Flasche Champagner, Chefchen.«

»Raus! Und schickt den Müller rein.«

»Haben Sie's mitbekommen, Müller?« Mellert konnte Müller partout nicht leiden. Der hatte etwas Renitentes, etwas Sperriges an sich, mit dem der Inspektor nicht klarkam. Außerdem sagte Müller ständig ›der Jude‹ statt ›Epsteiner‹. Das ärgerte Mellert. Vor allem, seit dieser Müller in SA-Uniform erschienen war, kurz nach dem das Verbot dieser Organisation im Juni wieder aufgehoben worden war. Sie waren Beamte! Da mussten Politik oder andere Befindlichkeiten draußen bleiben. Er schickte ihn nach Hause, um sich umzuziehen. Zweimal musste er Müller nochmals zurechtweisen, doch der zuckte nur mit den Schultern und drehte ihm den Rücken zu. Vielleicht lag Mellerts Aversion auch daran, dass Müller ein entfernter Verwandter des Polizeipräsidenten war oder dass er ihn bei einer Veranstaltung einer SPD-nahen Organisation gesehen hatte. Als SA-Mann auf der Gegenseite.

»Nein, worum geht es denn?«

»Epsteiner und ich fahren nach Rügen. Nicht um dort Sommerurlaub zu machen, wie Sie sicher vermuten, sondern um ein paar Morde aufzuklären. Sie halten hier die Stellung und sich für uns in Bereitschaft.«

»Sehr wohl, Herr Inspektor.«

»Die Leitung der MK in Berlin übernimmt derweil Kommissar Fränzel.«

»Is recht, Herr Inspektor.«

Mellert stutzte. Was ist denn nun passiert? Und eben diese Frage stellte er Müller.

»Nö, nichts, Herr Inspektor. Es ist nur so, dass ich um Versetzung gebeten habe.«

»Hm. Darf man fragen, wohin?«

»Zur Sitte.«

Mellert atmete auf. »Na dann, viel Erfolg. Und, wie hat man entschieden?«

»Es steht noch aus.«

Mellert wunderte sich, dass ihn Gebbert nicht vom Antrag in Kenntnis gesetzt, beziehungsweise nichts erwähnt hatte. Er befürwortete jedenfalls eine Versetzung. »Na gut, Sie wissen Bescheid. Noch ein paar Telefonate mit der Provinz, dann gehe ich nach Hause, packen. Bestellen Sie die Kollegen Fränzel und Schmittchen sowie die Spurensicherung auf morgen um zehn hierher.« Er war schon fast aus dem Büro, als ihm etwas einfiel. »Machen Sie Kopien von diesen Akten. Zweimal.« Er gab Müller den Aktendeckel. »Wir sehen uns morgen früh. Bis dann.« Er ging auf den Flur und atmete tief aus.

… und wieder tief ein, als er in die Straße zu seinem Haus einbog. Er stieg aus dem Wagen, öffnete das Tor. Für einen Moment verhoffte er und sah sich um. Hier war es still, bis auf das Gezwitscher der Spatzen ringsum. Die Bäume am Straßenrand standen im vollen Saft. Rechts und links, die Villen der vornehmen Zehlendorfer lagen ruhig und im tiefen Frieden. Auf dem Fußweg kam ihm eine Amme mit den Zwillingen des Nachbarn auf dem Arm entgegen. »Guten Abend, Herr Mellert.« Sie lächelte ihn freundlich an. Mellert staunte. Woher wusste sie seinen Namen. »N‹ Abend!«

»Na, kommst Du heute noch?«, rief Marie vom Balkon ihres Ateliers. Mellert winkte, sprang ins Auto und fuhr auf das Grundstück. Mit großen Schritten sprang er, gleich zwei Stufen auf einmal nehmend, die Treppe in den ersten Stock hinauf.

Marie erwartete ihn, in ihrem ehemals weißen, nunmehr buntfleckigen Kittel, an der Staffelei, auf der eine Stadtansicht von Berlin stand. An der Stelle, wo ihr Bauch vorstand, klaffte der Kittel weit auf.

»Unser Baby wird frieren.« Er streichelte den Bauch seiner Frau. Sie küssten sich lange und innig. Der Inspektor spürte das Bäuchlein seiner Frau an seinem Bauch und Bewegung drinnen. Er hielt mit dem Küssen inne. »Das da hat mich getreten«; beschwerte er sich.

Marie ließ ihren Mann los. Sie knöpfte schweigend den Kittel auf, und trug nichts weiter darunter als ein Höschen. »Lass uns nach nebenan gehen«, flüsterte sie Mellert ins Ohr, nachdem sie meinte, dass er sich sattgesehen hatte.

»Und Annama?«

»Schläft schon«, erklärte sie auf dem Weg ins Schlafzimmer, das auf der gleichen Ebene lag, »Sie hat den ganzen Tag draußen gespielt.«

»Ja geht denn das?«

»Wenn ich es sage …«

Beim Abendessen sprach Mellert von seiner neuen Aufgabe. Nur andeutungsweise, denn er befürchtete, dass sich die schlimmen Nachrichten auf das Ungeborene auswirken würden. Dass Marie sofort bereit war, mit nach Hiddensee zu reisen, freute ihn. Er hoffte, dass es Marie ›besser‹, geht, wenn sie wieder die geliebte Insel besucht. Manchmal sah er sie vor der Staffelei oder im Sessel nachdenklich ins Leere schauen. »Und wenn das Kind kommt?«

»Dann wird es ein echtes Hiddenseekind. Ist doch schön, oder?«

ENDE JULI 1932

Kaum saßen sie im Zug, schlief Epsteiner ein. Marie und Anna werden ihnen am nächsten Tag folgen; Anna musste das Porträt des Nobelpreisträgers vollenden und Marie wollte aus Solidarität so lange warten. Mellert war es nur recht. So konnte er seinen Gedanken in Ruhe nachhängen und musste die Damen nicht unterhalten. Gestern, nach der Sitzung seiner Abteilung war er noch kurz zu Direktor Gebbert gegangen, nachdem er die Kopien der Akten bei Müller abgeholt hatte. Müller saß immer noch kleinlaut an seinem Schreibtisch. Mellert fand, ohne jeden Grund. Die Kopien waren insgesamt ordentlich in Aktenheftern, wie sie bei ihnen üblich waren, abgelegt. Und was Zuverlässigkeit und Genauigkeit, Beobachtungsgabe und Kombinationsfähigkeit betraf, war Mellert von Müller des Lobes voll. Es war nur die Herablassung anderen gegenüber, die Mellert nicht gefiel. Soll er bei der Sitte glücklich werden!

Gebbert teilte ihm dagegen mit, dass Müller mitnichten zur Sitte, sondern zur politischen Polizei gehen würde. Und zwar in genau drei Wochen. Und, ja, er würde einen Ersatz für Müller bekommen.

»Ihr Wort in Gottes Gehörgang, Herr Kriminaldirektor.«

»Werden Sie mal nicht frech, Mellert.« Doch der Direktor schmunzelte. »Ich verspreche Ihnen einen fähigen Ersatz.« Er war aufgestanden und reichte Mellert die Hand. »Ich wünsche Erfolg. Solche Typen, wie Denke und

Haarmann [1] können wir uns einfach nicht noch einmal leisten.«

Im Zug nahm er sich die Unterlagen über »Denke, Harmann und andere« vor. Mellert rekapitulierte kurz, was er von Denke und Haarmann, dazu gehörte noch ein gewisser Großmann, wusste und fand es in den Unterlagen bestätigt. Die Männer waren in den zwanziger Jahren als Massenmörder bekannt geworden, las er. *Karl Großmann* aus Berlin ermordete mindestens 20 Menschen, um sie zu verspeisen. Er erhängte sich 1921 in Untersuchungshaft, bevor die Hauptverhandlung gegen ihn abgeschlossen werden konnte. In Münsterberg [2] ermordete *Karl Denke* nachweislich 31 Menschen, ebenfalls um sie zu essen oder als Fleisch zu verkaufen. Auch Denke erhängte sich, nachdem er verhaftet worden war. *Und zu guter – oder – schlechter Letzt*, dachte Mellert, *ein besonders ekliger Fall:* Friedrich Haarmann, der Schlächter von Hannover. Angeblich biss er von 1918 an bis zu seiner Ergreifung 1924 mehr als zwanzig jungen Männern die Kehle durch. Er zerstückelte die Leichen mit einem Beil und bot das Fleisch zum Verkauf an. Automatisch sang Mellert in Gedanken diesen Gassenhauer:

»Warte, warte nur ein Weilchen,
bald kommt Haarmann auch zu dir,
mit dem kleinen Hackebeilchen,
macht er Schabefleisch aus dir.
Aus den Augen macht er Sülze,

---

[1] Siehe Anhang

[2] (heute Polen)

aus dem Hintern macht er Speck,
aus den Därmen macht er Würste
und den Rest, den schmeißt er weg ...«

Gut, dass er sich auch darüber Unterlagen mitgenommen hatte. Er wollte sie gestern Abend gelesen haben, aber Marie nahm ihn in Beschlag und hatte vor Vorfreude geschwätzt, was das Zeug hielt. Mit wem sie sich treffen wolle, und ob noch alle da wären, und ob sie zu Kruses gehen sollte, was der Kaufmann macht? Gibt's den überhaupt noch? Ach ja, und der Gellen. Den musste sie unbedingt noch sehen, und auf den Leuchtturm, und da war doch das entzückende Café – Du weißt doch noch, Mellert? ...

Epsteiner und er hatten ganz schön zu schleppen! Mellert stand auf. Er griff in die Gepäckablage, öffnete seine Aktentasche und fischte die Akte »Mordsache Hiddensee« heraus. Übrigens ein Titel, der von Müller stammte.

›Mordsache Hiddensee‹. Er wollte sie noch einmal durchlesen, bevor sie Stralsund erreicht hatten. Ein Fall, den Mellert bisher in dieser Art und diesem Umfang noch nicht gehabt hatte. Mit Denke, Haarmann und Großmann waren andere Kollegen beschäftigt gewesen, sogar Gennat war eine Zeit lang involviert. Und es hatte jedes Mal junge Männer betroffen. Diesmal waren die Opfer aber junge Frauen!

Was war passiert? In der Akte stand, dass in den letzten drei Monaten südlich von Neuendorf/Plogshagen, mitten auf dem freien Land, vier unbekleidete, nicht identifizierbare weibliche Leichen entdeckt worden waren. Also nicht in einer Woche! Was mögen das für Frauen gewesen sein? Prostituierte, wie die Opfer von *Jack, the Ripper*? Einfache Mädchen, jemand aus der Hiddenseer Gesellschaft oder sogar der High Society? Gab es Verbindungen? Und warum wurden sie dort, bei Neuendorf, abgelegt? Man fand keine Papiere bei den Leichen. *Weil sie nackt waren!*, dachte Mellert empört. *Wo soll man auch seine Papiere hinstecken, wenn man nackt ist? Hat sich denn keiner die Fotos angesehen, geschweige denn, die Leichen?* Die Fingerabdrücke von den Leichen, wo das Abnehmen noch möglich war, haben nichts ergeben. Die greifbaren Vermisstenanzeigen stimmten nicht mit den gefundenen Personen überein. *Haben die überhaupt verglichen?*, zweifelte er. Mellert wandte sich der Fundortbeschreibung zu. *Oberflächlich, ungenau!* Lediglich eine schlampig dahingeworfene Skizze lag dabei, eher eine Kritzelei aus der man alles Mögliche lesen konnte, nur keinen Fund- oder Tatort lokalisieren! Mellert ärgerte sich. Jetzt verstand er Direktor Gebbert!

Interessant war, dass der leitende Untersuchungsbeamte nicht Piper aus Bergen, sondern ein Kommissar Sulzheimer aus Stralsund war. Seltsam. Warum Stralsund und Sulzheimer und nicht Bergen und Piper? Sulzheimer? Doch nicht *der* Sulzheimer, mit dem er auf der Polizeiakademie in München gewesen war? Wir werden sehen. Der Inspektor blätterte die Fotos durch. Es war das Einzige in den Unterlagen, mit dem er einverstanden war; Sehr detailgenau, umfangreich sowie gut ausgeleuchtet und dokumentiert.

Alle Opfer lagen in Fötusposition auf der linken Seite im Dreck, mit abgeschnittenen Händen und Füßen, die zu Kopf der Toten lagen. Dem Mörder schien zu gefallen, seine Opfer in dieser Weise zu verstümmeln und zu präsentieren. Abgelegt, in aller Öffentlichkeit! Eine Frau, circa vierzig Jahre alt, eine um die dreißig, zwei um die zwanzig. Eine zur Fülle neigend, die anderen schlank. Jedes Opfer unterschied sich vom anderen grundsätzlich. Nur die Art ihres Todes war, laut Totenbeschau - *also keine Autopsie?* - bei jeder dieselbe gewesen. Der oder die Mörder hatten sie vergewaltigt, geschlagen und gefoltert, bis die Ärmsten an ihren Verletzungen starben. Nur die Füllige war, bevor sie wie die anderen innerlich verblutete, durch ein Herzversagen dahingerafft worden. *Oder erlöst?* Mellert schüttelte es. Er musste sich konzentrieren. Aus der Entfernung sahen sie ganz friedlich aus, wie schlafend. Doch die Nahaufnahmen gaben ein anderes Bild. Mellert kannte die Bilder von Toten und am schlimmsten, dachte er bisher, waren die von bei lebendigem Leibe Verbrannten. Heute erkannte er, dass in den Gesichtern der Frauen, auch nach ihrem Tode, die nackte Angst geblieben war. Was hatte man ihnen getan? Warum und wer?

Nachdenklich klappte er den Aktenhefter zu und legte ihn auf das winzige Tischchen am Fenster. Die Landschaft Brandenburgs jagte an ihnen vorbei. Tock, tocktock, sangen die Räder des Waggons. Weite Felder, Wälder, Dörfer. Die Sonne stand schon hoch. Es sah alles so friedlich, so sauber und geordnet aus. Sie näherten sich Neubrandenburg. Hier halfen sie vor einiger Zeit, eine Einbruchserie aufzuklären, weil der letzte Einbruch mit einem Totschlag geendet hatte. Und sie waren gerufen worden, weil das Opfer ein hoher Vertreter der Provinzverwaltung war.

In Stralsund stiegen sie aus. Ein Taxi brachte sie zur Polizeiinspektion. »Warten Sie hier«, wies Mellert den Fahrer an. »Es wird nicht lange dauern.«

Sie erstiegen das dunkle Treppenhaus in den zweiten Stock. Hier residierte Inspektor Sulzheimer. Als sie eintraten,

26

fiel es Mellert wie Schuppen von den Augen. Natürlich, Sulzheimer, mit dem er einige Monate seiner Assessorenzeit in München verbrachte. Er stellte Epsteiner vor.

»Mellert! Lässt Du Dich auch einmal sehen? Ich hörte, dass Du Chef der Mordkommission geworden bist. Gratulation.«

Sulzheimer war dick geworden, fand Mellert. Sein Gesicht war rund und blass, er trug zum Mittelscheitel seiner fast schwarzen Haare, ein winziges Schnauzbärtchen, wie dieser Hitler. Am Revers seines dunklen Anzuges prangten das schwarz-weiß-rote Bändchen des Eisernen Kreuzes und das runde Parteiabzeichen der NSDAP. Er war offensichtlich immer noch der Monarchist, mit dem sich Mellert gerne angelegt hatte und nun auch noch Nazi. Nein, sie waren nicht im Streit geschieden, der Krieg hatte sie einfach an andere Stellen versetzt. Wenn Mellert mehr Zeit und vor allem Lust gehabt hätte, wäre er mit Sulzheimer in irgendeine Stralsunder Kneipe gegangen, um der alten Zeiten zu gedenken.

»Setzt euch.«

Sie suchten sich Stühle. »Naja, wann treibt es einen schon mal in die Provinz? Und wenn, dann nur Mord und Totschlag.« Er sah sich um. »Wo steckt eigentlich Berger?«

Sulzheimer zeigte zur Decke.

»Tod?«

»I wo! Ist aufgestiegen, der Herr. Sitzt jetzt in der Verwaltung.« Er sah Mellert gespannt an. »Also, was gibt es?«

»Ich wollte Dich nur davon in Kenntnis setzen, dass ich den Fall auf Hiddensee übernommen habe.«

»???«

»Die vier jungen Frauen?«

»Richtig! Ja!« Sulzheimer suchte etwas auf seinem Schreibtisch. »Hier! Ich habe von Direktor Gebbert ein Telegramm erhalten. Deshalb also sollte ich die Fallakten bereithalten. Ich dachte, er kommt selbst her. Warte.« Er stand auf, öffnete einen Aktenschrank und holte einen Stapel Papiere heraus, die er auf den Schreibtisch legte. »Autopsie, Zeugenaussagen und noch ein paar Ergänzungen.« Es war ein unordentlicher Packen Papiere mit Merkstreifen und bunten Zettelchen, die an den Seiten herausragten. Er drehte sich um. »Und dort die Beweisstücke.« Ein schlichter Pappkarton von der Größe mehrere Ordner stand neben dem Tisch. »Es lag ja nichts dabei. Wir haben Bodenproben genommen. Alles zu Deiner Verfügung.« Sulzheimer setzte sich. »Gott sei Dank, dass ich den Fall los bin, glaub mir.« Es war kein gutes Lächeln, das Sulzheimer zeigte, doch Mellert tangierte es nicht. Eine besondere Freundschaft hatte die beiden eh nicht verbunden. Er stand auf, raffte den Stapel Papier zusammen, klemmte ihn sich unter den Arm. »Epsteiner! Schnappen Sie sich den Karton. Wir müssen los!«

»Ich sage unten Bescheid. Du kriegst nen Dienstwagen.«

»Nett.« Mellert übersah großzügig die hingehaltene Hand des Inspektors. »Wiedersehen. Ich werde Dich über den Stand der Ermittlungen informieren.«

Mellert hatte den Taxifahrer weggeschickt. Mit dem Dienstwagen war es billiger, entschied er. Sie überquerten mit der Fähre den Strelasund. In Altefähr erwartete sie zu ihrer Überraschung Piper, der lässig an einem schwarzen Opel lehnte. Den Dienstwagen schickte der Inspektor zur Erleichterung des Fahrers wieder nach Stralsund. „Danke, wir brauchen Sie nicht mehr."

Als Piper Epsteiner mit den Kartons kommen sah, rannte er ihm entgegen. Doch Epsteiner schüttelte den Kopf. »Danke, ist nicht voll.«

»Ich freue mich, Sie zu sehen, Herr Inspektor. Wie geht's?« Er öffnete den Kofferraum. »Hier rein alles.«

»Gut Piper! Auch schön, Sie zu sehen.« Mellert stellte die Taschen ab und begrüßte den Kommissar.

»Das Hotel in Bergen ist vorbereitet. Wo wollen Sie beginnen?«

»In der Inspektion. Da packen wir die Unterlagen aus. Sie werden überrascht sein.'' Auf den fragenden Blick seines ehemaligen Assistenten antwortete Mellert nicht, sondern grinste breit. „Das wenige Gepäck lassen wir ins Hotel ›Deutsches Haus‹bringen.«

Mellert erklärte die Bergener Inspektion zu seinem Hauptquartier. »Beschaffen Sie mir eine stabile Telefonverbindung. Wo finden wir einen Fernschreiber?« Er nahm Pipers Büro in Beschlag und rief Berlin an: »Ja, Herr Gebbert. Ich brauche die Spurensicherung – wann? – Gestern! Und schicken Sie mir den Fränzel und – nein! - Mit den Stralsundern geht's nicht. Ich brauche Ermittler und keine Rätselrater oder Wahrsager.« Er lauschte einem längeren Vortrag. »Das ist mir egal, Herr Direktor. Ich habe das Gefühl, als wenn es erst angefangen … Ja, richtig. Und den Michel.« Wieder lauschte er. »Ich ziehe ihn ab und gebe den Fall Müller. Muss er eben noch warten, bis er zur ›Politischen‹ kommt.« Epsteiner sah erstaunt auf. Doch Mellert winkte ab. *Später*, formte er mit dem Mund und lauschte. Diesmal war die Gegenrede kürzer. »Prima, Herr Direktor. Ich sehe, dass auch Sie den Fall mit Vorrang …« Mellert blinzelte Piper und Epsteiner zu. »Dann bis morgen.

Ich melde mich, wenn ich die Leichen gesehen habe.« Er legte betont vorsichtig den Hörer auf die Gabel. »Das Maximale fordern, um das Notwendige zu erhalten. Aber nicht den schlafenden Löwen wecken«, meinte er grinsend. »Apropos Leichen! Wo haben Sie sie untergebracht, Piper?«

»Im Krankenhaus. Sie liegen im Kühlkeller. Sulzheimer wollte sie schon verscharren lassen, weil der Platz eng wird, aber ich konnte es ihm in letzter Sekunde ausreden.«

»Guter Mann.« Mellert blickte zu Piper und dann Epsteiner an, der bestätigend nickte. Der Inspektor blickte auf seine nagelneue Armbanduhr. Ein Geschenk von Marie zum ersten Hochzeitstag. »Es ist noch Zeit. Fahren wir und besehen uns die Opfer.«

DAS NÄCHSTE OPFER

Irgendwie war es gemütlich und entspannend, mit einer hochbeinigen Pferdekutsche über die Lande gefahren zu werden. Doch dass sie nicht zum Vergnügen, sondern wegen ihrer Arbeit gefahren wurden, trübte das Vergnügen erheblich. Epsteiner gestand Mellert, nachdem er eingestiegen war, dass er schlecht geschlafen und sich die ganze Nacht im Bett hin und her gewälzt hatte. Mellert war es auch so gegangen. Die jungen Frauen gesehen zu haben, ihre Verletzungen und Wunden und ihre Gesichter, hatten sie mehr mitgenommen, als er je gedacht hatte. Und auch dem leitenden Arzt, der gleichzeitig als Pathologe für die Rechtsmedizin arbeitete, stand das Wasser in den Augen, als er die Leichname aufdeckte und die Todesumstände beschrieb.

Die Spurensicherung folgte in einem ähnlichen Gefährt, halb Fiaker, halb Kalesche, dass das Hotel *Hittim* zur Verfügung stellte. Die Männer amüsierten sich zuerst darüber, als die Kavalkade am Hafen von Kloster vorfuhr. Doch als sie ihre Ausrüstung Stück für Stück umladen mussten, wurden sie stiller. Sie fuhren durch Vitte, durchquerten Neuendorf und erreichten die fünf Häuser von Plogshagen.

»Da drüben.« Piper zeigte mit dem Finger auf ein wüstes Stück Land. »Sehen Sie die Fähnchen, Herr Mellert? Dort wurden sie abgelegt.«

»Waren Sie das, mit den Fähnchen?«

»Nein. Münchmann.«

»Gute Arbeit.«

»Das hat er von Ihnen gelernt, Herr Inspektor.«

»Dann an die Arbeit, meine Herren.« Als die Spurensicherer losliefen, wollten ihnen Mellert und Epsteiner folgen, doch Keller drehte sich um. »Erst, wenn wir fertig sind, Herr Inspektor. Es sind eh schon zu viele fremde Spuren hier.« Also blieben sie am Rande des Feldes stehen und warteten geduldig, während die Kollegen der Spusi, wie scharfe Bluthunde hin und her schnüffelten, sammelten, fotografierten und Proben entnahmen. Klaustaler schleppte seinen Fotoapparat auf einem Stativ hin und her, sah nach dem Licht, rückte das Stativ einige Millimeter nach rechts, dann nach links und knipste.

Epsteiner blickte in die Sonne. Sie wärmte das Gesicht. Eigentlich wäre er jetzt lieber am Strand gewesen, mit Anna, die ungewöhnliche Freiheit dieser Insel genießend. Nur schwer fanden seine Gedanken den Weg zurück zu den Opfern. Was war das für ein Mensch? Ein Verrückter, ein Kranker, ein aus der Bahn geratener? Warum brachte er Frauen um, folterte sie und legte sie anschließend hier ab. Warum hier? Denke und Haarmann zerstückelten ihre Opfer und – Epsteiner schüttelte es – und aßen von ihren Körpern. Warum, wurde nie richtig ermittelt, weil die Kerle sich selbst zu früh umbrachten. Aaron las die Ermittlungsakten der Massenmörder auf der Fähre, die Zusammenfassungen, denn die Originale wären zu umfangreich gewesen. Mellert hatte ihm die Unterlagen gegeben. »Hier lies das.«

Vielleicht fand er Parallelen zum jetzigen Fall. Er begann, die Protokollauszüge zu lesen. Die Männer redeten nicht viel über ihre Taten. Sie waren vollkommen Empathielos. Nichts zu ihren Empfindungen, nichts zu den Gefühlen. »Ich hab‹ ihn totgebissen« oder »Ich brauchte doch Geld.« Und was mögen die Angehörigen empfunden haben, als sie erfuhren, *wie* ihre Männer, Freunde, Söhne ums Leben gekommen waren. Darüber war auch nichts zu finden. Nur sachlich polizeiliche Protokollarbeit. Er konnte sich nicht vorstellen, wie er reagiert hätte. Nein. Nicht einmal annähernd diesen Schmerz über den Verlust und die Wut auf die Verbrecher. Dieser Fall war anders! Allein die Opfer gesehen zu haben, die Angst vor dem, was denn als nächsten passieren würde, irgendwie gefühlt zu haben, gab ihm genügend Motivation, dem Spuk ein Ende zu bereiten.

Der Doktor in Bergen war ein erfahrener Arzt und Pathologe. Bis in kleinste hatte er die Opfer untersucht, akribisch die Verletzungen aufgezählt, beschrieben, mit welchen Werkzeugen er meinte, dass sie beigebracht worden waren und was sie bewirkt hatten. Ebenso akribisch hatte er die Todesursachen ermittelt: vor allem innere Verblutung, einmal Herzstillstand. Aaron wollte sich am liebsten nicht erinnern, doch es kam immer wieder hoch. Es musste wohl so sein. Die Verstümmelungen waren den Opfern post mortem beigebracht worden, aber das tröstet Epsteiner nicht im Geringsten.

»Ich möchte, dass die Frauen nach Berlin, in die Gerichtsmedizin, gebracht werden«, sagte Mellert plötzlich. »Piper, kümmern Sie sich darum.«

»Zu Befehl, Herr Inspektor.« Piper schien nachzudenken, als Keller rief: »Sie können jetzt kommen, meine Herren!«

»Hm. Gehen wir.« Mellert stieg über einen schmalen Graben, in dem braunes Wasser stand, und stapfte voran. Piper folgte ihm und den Abschluss bildete Epsteiner. Bei Keller und seinen Kollegen angelangt, sagte dieser: »Es ist wenig zu sehen. Das Wetter hier hat ganze Arbeit geleistet.«

»Und? Haben Sie noch etwas gefunden?«

»Momentan nichts sofort Verwertbares. Kleinigkeiten, Dinge, die hier nicht hergehören. Ob es die Hinterlassenschaften des Täters sind oder von Urlaubern stammen oder die nur durch Zufall hierher geraten sind, wer weiß.« Als er Mellerts unzufriedenes Gesicht sah, fügte er hinzu: »Wir werden uns alle Mühe geben, Herr Inspektor. Und uns beeilen!«

»Danke.« Mellert sah sich um. Er speicherte das Bild des Ortes fest in seinem Gedächtnis ab. »Äh. Gibt es Anzeichen für sexuellen Missbrauch?«

»Nicht offensichtlich, Herr Inspektor. Ich werde die Pathologen darauf hinweisen.«

»Danke. Dann gibt es hier für uns nichts mehr zu tun.« Er drehte sich um. »Kommt schon.« Er sah zum Himmel. Dunkle Wolken waren aufgezogen, in der Ferne grummelte es. »Es wird Gewitter geben.«

Im Hotel saßen sie um einen Tisch: Mellert, Epsteiner, Piper, Keller und seine Spezies, Berger und Klaustaler. Und auch Fränzel und Michel warteten schon auf sie. Sie waren mit dem nächsten verfügbaren Zug hinterhergereist und sofort nach Kloster gekommen.

»Alle gut untergekommen?«, fragte Mellert und erntete ein allgemeines Kopfnicken. Sie begrüßten sich herzlich, dann schwiegen sie, nippten an ihren Biergläsern und hingen ihren Gedanken nach.

»Meinen sie nicht, dass wir mit unserem Aufmarsch in Plogshagen den Mörder aufgeschreckt haben?«, unterbrach Piper die Stille. Alle sahen ihn an. Mellert schüttelte den Kopf. »Nein. Der stammt nicht von hier. Neuendorf ist nur eine Ablagestelle. Er weiß sicher noch nicht, dass …«

»Mellert!« Der Inspektor schrak auf. Marie, die Tochter auf dem Arm und einen kleinen Lederkoffer in der Hand, stand in der Tür zum Separee, neben ihr eine breit grinsende Anna.

»Da sind wir!« Der Inspektor war aufgesprungen. Er bekam einen roten Kopf. Epsteiner fasste sich schneller. »Unsere Frauen.« Es war eher eine Feststellung als eine Vorstellung.

»Äh, ihr Lieben ...« Mellert sah sich irritiert um.

»Oh, wir verstehen.« Marie wurde leicht rot. »Entschuldigt, wir sehen uns dann bei mir?«

»Ja.« Der Inspektor atmete auf, als sich die Tür wieder hinter den Frauen schloss. Er ging zum Tisch zurück. »Die Damen sind auch hier zu Hause«, erklärte er. »Machen wir weiter, meine Herren. Wo waren wir?«

»Täter verschreckt«, sagte Klaustaler trocken.

»Ah ja, genau. Und nein, weil der Kerl nicht von hier stammt. Er lauert irgendwo auf Rügen oder auf dem Festland Frauen auf und bringt sie um.«

»Und dann schleppt er sie mit einem Boot in tiefer Nacht hierher«, ergänzte Epsteiner, »und legt sie ab. Verrückt.«

Piper stützte den Kopf in die Hände. »Jedenfalls nicht mit einem Ruderboot, oder?« Schulterzucken. »Wo fangen wir an?«

»Bei den Opfern.« Mellert holte sein Notizbuch hervor. »Fränzel und Michel werden sich morgen bei allen Inspektionen in Mecklenburg und Pommern nach vermissten Frauen erkundigen. Das machen Sie drüben in Bergen. Piper sucht auf Rügen. Er kennt sich dort am besten aus. Epsteiner und ich suchen nach ähnlichen Fällen in ganz Preußen und die Spurensicherer ...«

»… beenden ihre Voruntersuchung und schreiben ihren Bericht.« Piper schnappte sich sein Bierglas und trank es leer. »Auf meine Herren. Das werden noch ein paar harte Tage.«

AUGUST 1932

Es folgte eine arbeitsreiche Woche, in der die Männer zwölf bis vierzehn Stunden täglich arbeiteten. Die Menge an Fragen, die sie abarbeiteten und die Menge an Informationen, die auf sie einstürmten, war immens. Mellert fragte sich am Ende der Woche, am Abend, als es schon dunkel war und er am Kamin, einer Errungenschaft des vergangenen Jahres, seiner Geliebten gegenübersaß, warum Sulzheimer nicht genauso vorgegangen war? Er hatte doch dasselbe gelernt, wie er. War Sulzheimer zu sehr auf den Täter fokussiert und nicht auf die Opfer? Oder war er einfach zu faul? Die Opfer und die offensichtlichen Spuren waren doch der Ausgangspunkt ihrer Ermittlungen. Was hatte Sulzheimer getan? Er suchte in den einschlägigen Archiven nach Massenmördern. Das sollte man auch tun, aber so viele Serientäter gab es doch gar nicht! Und wenn einer auftrat, dann war er unbekannt! Deswegen: Was waren die Opfer für Menschen, wieso sind sie in das Blickfeld des Täters geraten, was war an ihnen, dass den Mörder auf sie aufmerksam gemacht hatte? Oder war das Zusammentreffen zwischen Opfern und Täter rein zufällig? Dann war es nur noch komplizierter.

Marie las in einem dicken Buch von Thomas Mann. Er starrte sie gedankenverloren an. Fühlte, wie sehr er sie liebte, wenn sie ihren Bauch unbewusst streichelte, als wolle sie dem zukünftigen Leben jetzt schon ihre ganze Zuneigung schenken. Er seufzte, so dass Marie aufsah. »Willst Du drüber reden?« Doch Mellert schüttelte den Kopf. »Noch nicht.« Marie stand auf. »Ich mache uns einen Tee.«

Die Ermittlungen der Woche brachten ihnen, dass sie mindestens acht Vermisstenanzeigen nachgehen mussten, deren Personenbeschreibungen mit den Opfern in wesentlichen Punkten übereinstimmten. Notfalls waren zusätzlich noch vier sehr vielversprechend. Acht von knapp dreißig, die ihnen vorlagen! Das hieß, in der kommenden Woche wären sie viel unterwegs. Alle drüben auf dem Festland, wie Mellert es schon befürchtet hatte. Die Spurenlage war auch mager. Es gab winzige Hinterlassenschaften an den Ablageorten, von denen sie hofften, dass sie Rückschlüsse auf den Tatort zuließen; Da waren Fasern einer Decke, wie sie das Militär benutze, Fußabdrücke im Schlamm, ein Metallstück, der Rest eines Seiles an dem Blut zu kleben schien. Wirklich sehr mager. Und der Verdacht sexuellen Missbrauchs verhärtete sich. Der Vergleich der Opfer erbrachte nur, dass sie sich nicht glichen und offensichtlich auch keine Gemeinsamkeiten besaßen, was die Aufklärung des Falles zusätzlich erschwerte. Mellert hoffte auf die nächste Woche, wenn sie die möglichen Verwandten der Opfer aufgesucht hatten. Nur das war das Gemeinsame: Sie stammten alle aus einer Umgebung von zwanzig, dreißig Kilometern um Anklam herum. Warum aber dann Hiddensee als Ablage? Apropos Ablage. Natürlich hatten sie in Neuendorf und Plogshagen nachgefragt, ob jemanden ein verdächtiges Boot aufgefallen sei. Doch niemand hatte etwas gesehen. Wie also waren die Leichen auf dieses Wiese gekommen?

Er einer entschlossenen Gebärde schob er die Unterlagen und sämtlich Gedanken zum Fall beiseite. Es war Samstag. »Was machen wir morgen?«, fragte er in die Stille, als es klopfte.

»Jemand da?« Es war Annas Stimme und schon öffnete sich die Tür. Ein strahlender Epsteiner und eine ebenso strahlende Anna standen im Türrahmen. Aaron hielt eine Flasche Sekt in der Hand.

»Gibt es war zu feiern? Hast Du ihn?« Mellert war aufgestanden und umarmte Anna, die sich heute anders anfühlte. »Ja.« Aber da war Marie schon bei Anna. »Lass mich raten. Du bist …«

»Ja!«

»Was, ja?«, eine typische Männerfrage, die Mellert stellte.

»Na, rate!«

»Zuck‹ die Schultern.«

»Mensch, Mellert!«, Marie gab ihrem Mann einen Klaps gegen die Stirn. »Kombiniere!«

»Moment. Strahlende Anna, breit grinsender Aaron, eine Flasche Sekt. Kombiniere: Hochzeitstag!«

Dies Ergebnis seiner Ermittlungen führte zu allgemeinen Protestrufen, die Mellert gelassen entgegennahm. »Mir egal, was es ist, ich will jetzt ein Glas Sekt!«, rief er in das Tohuwabohu. Natürlich wusste er den Grund der Freude: Anna war schwanger. Aber warum sollte er seinen Freunden die Freude nehmen. »Ist gut, ist gut! Ich weiß es ja!«

Gespannte Stille.

»Du hast endlich …«

»Sag es nicht, Mellert! Das ist falsch!«

»Dann eben – Du bist schwanger!«

»Mein Gott, jetzt hat er's!«, rief Marie. Sie umarmte Anna. »Glückwunsch Liebes. Wann ist es so weit?«

»In sieben Monaten.« Damit waren die beiden Frauen mit sich beschäftigt und ließen die Männer ›in Ruhe‹, die sich zwei Sessel in der Nähe des Kamins aussuchten.

»Und? Gibt es etwas Neues?« Mellert wusste, dass Epsteiner ein paar Überstunden gemacht hatte, um die Vermisstenmeldungen noch einmal durchzusehen.

»Ich denke, ich konnte die Opfer den Beschreibungen in den Meldungen konkreter zuordnen. Wenn wir am Montag losfahren, sollten wir zuerst diese hier«, er übergab Mellert einen Zettel mit Adressen, »aufsuchen.« Mellert sah flüchtig auf die Liste und nickte zufrieden.

»Und die Kollegen?«

»Die Ergebnisse der Spurensicherung liegen auf Deinem Schreibtisch. Fränzel und Piper werden mündlich berichten. Und nun gibt es wohl endlich den wohlverdienten Sekt.«

»Wofür?«

»Na hör mal!«

»Keine Ahnung.«

»War's so schwer?«

»Ah das! Schön und schwer, Mellert. Das müsstest Du doch wissen.« Aaron griente anzüglich.

»Jaja. Aber das Schwere vergisst man schnell und freut sich auf das Schöne.« Der Sektkorken verließ mit einem deutlichen Plopp den Flaschenhals und schoss gegen die Decke.

MARTE SCHOLZ

Marte Scholz freute sich, wie ein kleines Mädchen auf eine schicke Puppe. Sie drehte sich vor dem Spiegel, zupfte hier und da an ihrem Kleid, spitzte die Lippen, die knallrot geschminkt waren. Die Haare trug sie offen und leicht gewellt, gestern erst war sie zwei Stunden beim Friseur gewesen und ließ sie dunkel nachfärben. Die Seidenstrümpfe saßen glatt und faltenlos an ihren Beinen und die hochhackigen Schuhe, die sie sich geleistet hatte, obwohl sie eigentlich kein Geld dafür besaß, passten genau zur Farbe ihres Kleides. Nun musste es nur noch Abend werden, dann würde sie sich mit *ihm* treffen, genauer, er würde sie vor der Tanzschule abholen, um mit ihr zum Tanzabend im »Weißen Hirsch« zu gehen. Ihr Fahrrad würde sie bei den Kunzels stehen lassen. Herbert wollte sie nach Hause bringen, versprochen!

Die Eltern äußerten Bedenken. Sie allein, mit dem Fahrrad nach Anklam und so spät zurück! Sie solle auf sich aufpassen. Und nichts mit Männern anfangen, ja? Aber was konnte ein neunzehnjähriges Mädchen, lebenshungrig und selbstbewusst aufhalten? Nichts! Sie sprang auf ihr Fahrrad, winkte ihren Eltern, dass alles gut werde, und war schon die Dorfstraße heruntergefahren auf die Chaussee.

Sie konnte schon die meisten Tänze; Walzer, Foxtrott, Charleston, der allerdings kaum noch getanzt wurde, und Blackbottom. Ihre Tanzpartner waren nett, aber nichts fürs Leben, eben nur zum Tanzen. Aber dieser Herbert! Hoppla! Sie musste aufpassen. Vor Vorfreude vergaß sie, auf die Straße zu achten. Ein Auto überholte sie hupend.

Während der Tanzübungen, heute war wieder Blackbottom dran, war sie unkonzentriert und trat ihrem Partner zweimal auf die Lackschuhe. Und dann war endlich Feierabend! Sie wartete, bis alle aus dem Hause waren, tat so, als sei es kompliziert, ihr Fahrrad abzustellen. Dann war der Hof endlich leer. Sie schnappte sich Strickjacke, Hütchen und Handtäschchen und hüpfte aus der Pforte. Und da stand er, ihr Schwarm: Herbert! In seinem dunklen Anzug, den Hut verwegen in den Nacken geschoben, lächelte er sie an, gab ihr einen Handkuss. Er nahm sie in den Arm und Marte sah ihm von unten ins Profil. Nun ja, von dieser Seite sah er nicht so männlich aus, eher etwas weich, aber von vorn! Sie merkte, dass sie nicht zum Markt gingen, sondern in Richtung Hafen. »Wollten wir nicht …«

»Ick möchte Dir erst was zeigen«, sagte er mit rauer Stimme. »Eine Überraschung.« Marte wurde kalt. Sie zog die Strickjacke am Hals zusammen. »Eine Überraschung?«

»Ja. Du wirst Dich freuen.«

»Und was für eine Überraschung?«

»Wäre es denn eine Überraschung, wenn …«

Marte schüttelte unsicher den Kopf.

Marte wünschte, dass das aufhören möge. Dass sie endlich sterben durfte. Keine Angst mehr, keine Schmerzen, nur noch Dunkelheit. Und nicht dieser Geruch, nach Schweiß, Blut und toten Fischen. Sie spürte weder ihre Arme noch die Beine, überhaupt nicht mehr ihren Körper. Was sie spürte waren Schmerzen und sie versuchte, sich nach Möglichkeit nicht zu bewegen, um es nicht noch schlimmer zu machen. Welcher Tag ist heute? Ist schon Tag oder Nacht? Noch Nacht? Ihr vorheriges Leben kam ihr vor, als hätte es es nie gegeben. Sie lauschte. Schritte? Nein. Stille, die in den Ohren rauschte. Sie schloss die Augen. Lieber Gott, wenn es dich gibt … Eine Tür ging. Und dann kamen wieder die Schläge. Diesmal noch härter. Und sie hoffte, dass sie aufwachen würde und alles nur ein böser Traum gewesen war. Er traf sie am Kopf. Es knirschte, sie schrie gellend auf. Dann versank sie in eine Ohnmacht, aus der sie nicht mehr erwachte.

Im Anschluss an den Rapporten machten sich Mellert und Epsteiner sowie Piper und Fränzel auf, um die Angehörigen der Vermissten aufzusuchen. In Stralsund ließen sie sich Dienstwagen geben und fuhren in Richtung Anklam und Demmin ab.

»Ich habe ein verdammt mulmiges Gefühl«, gestand Epsteiner seinem Chef.

»Glaube nicht, dass es mir besser geht. Auf der einen Seite hoffe ich, dass die Gesuchten nichts mit den Toten zu schaffen haben, die andere Seite von mir denkt genau das Gegenteil.«

»Aber besser wäre es, wenn es passen würde.«

»So ist es. Dann haben wir mehr Informationen und erfahren vielleicht mehr Gemeinsamkeiten.« Er schwieg, während Epsteiner den Wagen über einen Feldweg rumpeln ließ. In der Ferne zeichnete sich ein einsames Gehöft ab, dass ihre erste Adresse auf der Liste war. Epsteiner murmelte zwischen zusammengebissenen Zähnen: »Hier möchte ich nicht tot über dem Zaun hängen.« Sie fuhren durch ein offenstehendes Tor auf den Hof. Ein paar Hühner flatterten aufgeregt vor ihnen davon, der Hofhund kläffte wütend und eine kleine Gänseschar watschelte schnatternd und zischend an einer Scheune entlang, aus deren Tor der Bauer neugierig herausschaute. Und nur die Hofkatze lag lässig auf einem Stapel Ziegelsteine und beobachtet die ganze Sache gelassen.

Mellert kannte solche Situationen und stieg zügig aus. Er reckte sich kurz, rückte seinen Hut zurecht und wartete auf den Bauern, der mit seiner Mistgabel bewaffnet bedächtig auf die Kriminalisten zuging. »Herr Mellenthin?«

»Jau, dat bün ick. Und Sie?«

»Inspektor Mellert, Mordkommission«, stellte er sich vor. »Und das ist Kommissar Epsteiner.« Der Inspektor machte mit dem Kopf eine Bewegung zum Haus hin. »Können wir drinnen reden, Herr Mellenthin?«

Ohne weiteren Kommentar wandte sich Mellenthin dem Wohnhaus zu, Mellert folgte und Epsteiner, der sich genauer umsah und inzwischen an die Wortkargheit der Norddeutschen gewöhnt war.

Sie waren in einem Dreiseitenhof, mit Wohnhaus, Scheune und Ställen. Er hörte ein empörtes Muhen aus dem Stall. Der Hofhund hatte sich beruhigt und lag an der Kette in der Nähe seiner Hütte. Das Anwesen sah gepflegt aus, obwohl der Hof nicht sehr aufgeräumt war. Die Gebäude waren geweißt, die Dächer ordentlich gedeckt und Fenster und Türen sahen frisch gestrichen aus. Der Bauer sah wohl Epsteiner Blicke. »Wir sin noch mitten in de Eernte, nüch.«

»Jaja, verstehe.« Damit traten sie in den Flur. Mellenthin führte die Polizisten in die ›gute Stuv‹. In der Mitte des Zimmers stand ein ovaler Tisch, um den sich sechs Stühle gruppierten. Rechts ein sogenanntes Buffet, am Fenster ein Grammofonschrank, auf dem ein Radio thronte. Grüne Vorhänge rahmten das Fenster ein, die Stores waren zur Seite geschoben. Auf der linken Seite standen ein Sessel neben einem Rauchtisch mit Lampe und ein mit dunkelrotem Samt bespanntes Sofa. Über dem Bett hing ein Sinnspruch; in weißes Leinen mit rotem Faden gestrickt: »Iuse Hierguot lätt käne Bähme in-nen Hiemel wassen.«[3] Auf dem Tisch lag eine weiße Spitzendecke und in deren Mitte stand eine Vase mit bunten Blumen. »Denn setzt euch moal hin. Ick hol min Fru.« Durch die offene Tür rief Mellenthin: »Giierdo!« Was bei Mellert und Epsteiner ein Grinsen auslöste. Mellenthin kam zurück und setzte sich schwerfällig hin. »Nu?«

»Nun, Herr Mellenthin. Sie oder Ihre Frau hatten vor sechs Monaten eine Vermisstenanzeige …«

»Habt ihr sie gefunden?« Mit dem Ruf trat Frau Mellenthin in die Stube. Gerda Mellenthin, wie sie bürgerlich auf Hochdeutsch hieß, blieb erwartungsvoll stehen. »Würden Sie bitte auch Platz nehmen, Frau Mellenthin?«, sprach Mellert honigsüß und ließ Gerda nicht aus den Augen, bis sie saß. »Da sind wir uns nicht sicher.« Der Inspektor zog ein Foto aus seinem Notizbuch, dass das Portrait einer der Toten zeigte. Und obwohl es ›geschönt‹ war, sah man doch, dass es sich um das Bildnis einer Toten handelte. »Würden Sie sich das Bild bitte genau ansehen und uns sagen, ob es sich um ihre Tochter handeln könnte?« Damit schob er vorsichtig das Foto über den Tisch zu den Mellenthins.

Vater Mellenthin wurde blass. Er nickte. »Jo. Dat is uns Dochter.« Und Mutter Mellenthin sah Mellert an. »Wo ist sie?«

»Sind Sie sich sicher, Herr und Frau Mellenthin, dass es sich tatsächlich um ihre Tochter handelt?«

»Aber jo doch.« Mellenthin war aufgestanden und legte seine schweren Bauernhände sanft auf die Schultern seiner Frau, als wolle er sie festhalten. Gerda schien gefasst.

---

[3] Unser Herrgott lässt keine Bäume in den Himmel wachsen.

Innerlich atmeten beide Polizisten auf. Doch der gequälte Blick der Bauersfrau und die Tränen, die langsam aus deren Augen traten, brach ihnen fast das Herz. Diese stille Trauer war schmerzvoller als ein Aufschrei oder eine Ohnmacht. Da konnte man etwas tun. Doch Mellert war ein alter, erfahrener Mordermittler. Sofort lenkte er das Thema um. »Erzählen Sie uns von Ihrer Tochter. Wer war sie, mit wem traf sie sich, wer waren ihre Freunde?«

Gerda Mellenthin ließ sich nicht ablenken. »Hat ihr jemand etwas getan? Ist sie tot?«

Mellert schluckte. Dann nickte er.

»Wer hat das getan?«

»Deshalb sind wir bei Ihnen. Wir wollen den oder die Kerle fassen. Doch dazu brauchen wir, trotz Ihres schweren Verlustes und Ihrer Trauer auch ihre Hilfe. Wollen sie uns helfen?«

»Dat geit woll kloar, nich Giierdoa?«

Mellert holte einen Stift hervor. »Erzählen Sie.«

Die zweite Adresse stellte sich als Fehlgriff heraus. Und es schien beinahe noch schlimmer, unverrichteter Dinge abzuziehen, mit den Blicken der Eltern im Rücken, die man in Ungewissheit zurücklassen musste. »Nein, wir wissen nicht, wo Ihre Tochter ist. Tut uns leid.«

»Haben wir noch eine …«

»Ja. Zwanzig Kilometer von hier.« Epsteiner sah in sein Notizheft. »Direkt am Stadtrand von Anklam.«

»Lass uns hinfahren«, sagte Mellert lustlos, »Scheißberuf.«

Sie schwiegen während der Fahrt. Mellert sah aus dem Seitenfenster, Epsteiner konzentrierte sich auf die Richtung.

46

»Kannst Du mal in der Karte nachsehen. Nicht, dass ich mich verfahre.«

Sie standen vor einem schlichten zweistöckigen Haus, ohne Schnörkel und Verzierungen. An der Pforte gab es ein Klingelbrett mit zwei Namen. Mellert drückte auf den Klingelknopf mit dem Namen ›Kramer‹. Sie warteten. Am Fenster des oberen Stockwerks ging die Gardine zur Seite, dann öffnete eine Frau das Fenster. »Ja? Sie wünschen?«

»Oh je«, zischte Epsteiner, »Das wird hart.«

»Inspektor Mellert und Kommissar Epsteiner. Wir müssen Sie sprechen, Frau Kramer.«

»Warum?«

»Könnten wir das bitte bei Ihnen drinnen …?«

»Ja. Kommen Sie.« Die Frau verschwand vom Fenster.

»Gehen wir.«

Sie erstiegen die vier Stufen zu einem Windfang. Frau Kramer erwartete sie bereits. Die Kriminalisten zeigten ihre Marken. »Denn kommen se moal in.«

Auch hier gingen sie in die gute Stube der Wohnung im oberen Stockwerk. Und saßen an einem runden Tisch, mit Wachstuchdecke und einer Schüssel aus gegossenem Kristallglas, in dem ein paar Kekse lagen. Frau Kramer sah sie erwartungsvoll ängstlich an. »Geht es um meine Tochter?«

»So ist es. Sie hatten eine Vermisstenanzeige …«

»Haben Sie sie gefunden?«

»Wir müssen Ihnen ein Foto zeigen.« Mellert legte ein Foto vor die Frau.

Vorsichtig, mit zwei Fingern hob Frau Kramer das Foto an und sah lange und ausgiebig auf das Gesicht der Toten. Dann nickte sie still. Nach einer ganzen Weile, die Stille wurde drückend, sagte sie: »Das ist sie. Min Antje.« Dann sah sie Mellert an. »Wat hat man ihr angetan?«

Mellert schwieg und Epsteiner wusste nicht, was er sage sollte.

»Sagen Sie es mir, bitte.«

»Ich – ich kann es nicht. Es ist zu - »

»Zu grausam, Herr Mellert?« Der Inspektor nickte. Dann holte er tief Luft. »Wir vermuten, dass an ihr ein Gewaltverbrechen verübt wurde, und bitten Sie – sie sind sich sicher?«

»Jau. Dat bün ick! Un ick will, dass Sie den Kerl schnappen, der ihr – der sie …«

»Das werden wir, Frau Kramer, »Das werden wir. So war uns Gott helfe. Aber, wir brauchen auch ihre Hilfe. Sind Sie bereit dazu?«

»Ja.«

»Dann beschreiben Sie mir Antje.«

»Was haben wir, meine Herren?«

»Eine Frederike Klauser und Josephine Müller. Die Angehörigen waren sich absolut sicher.«

»In Ordnung. Ich werde in Berlin nachfragen, ob eine Identifizierung nach Foto ausreichend ist. Die Opfer sollten bald – Ja? Was ist?«

»De Münchmann hätt angerufen, Herr Inspekter. Dor hat es wieder eine Leiche.«

»Wieder Hiddensee?«

»Jau. Neuendörp Plogshagen. Wieder op de Wiese.«

»Sch…it!«, fluchte Piper. Er sprang auf. »Ich hole das Auto und lasse Langhans rufen, dass der uns abholt. Von Schaprode?« Mellert nickte.

Epsteiner sah in die Runde. »Großer Bahnhof?«

»Ja. Alle hier Versammelten und die Spurensicherung.«

»Ich sage Bescheid.«

Diesmal bekam Epsteiner keine Seekrankheit, trotzdem er an der Süll lehnte und vor sich hinbrütete. Vielleicht war dies der Grund, er war abgelenkt. Langhans Kutter tuckerte gleichmäßig über den Bodden. »Was haben Sie eigentlich mit ihrem Segler gemacht, Langhans?«

»Dem hoab ick so'n virrückten Künstla verkoocht.«

»Und, der Preis war gut, ne?«

Langhans stieß zur Betätigung eine gewaltige Rauchwolke aus seiner Pfeife. Nur seinen Augen und dem Kutter war anzusehen, wie gut das Geschäft für ihn gewesen war. Er ruckte mit dem Kinn nach vorn. »Sin glicks do.«

»Prima, Langhans. Schicken Sie mir die Rechnung, wenn Sie uns wieder zurückgebracht haben.«

Die Karawane aus Herren mit Hut und vielfältigem Gepäck, die zielstrebig vom Hafen nach Plogshagen marschierten, erregte doch ein wenig Aufsehen bei den Bewohnern von Neuendorf. Die Fischer im Hafen machten lange Hälse und die Frauen standen zusammen und tuschelten. Piet Langhans stand wichtig am Steuerhaus seines Kutters. Trotz aller Fragen und Angebote schwieg er eisern und schüttelte den Kopf. »Ick sech nix. De Polizei hätt‹ mi verboden över die Dote zu snacken. Also ick hev nix secht.« Damit ging er ins Steuerhaus und hinterließ Fragen über Fragen und eine gewaltige Rauchwolke aus seiner obligatorischen Pfeife.

Münchmann und Witwe Schlag, gerufen Antsche Sloog, erwarteten die Kriminalisten am Rande des Feldes.

»Mal was Anderes.« Piper machte einen langen Hals. »Nur eine Weide und nicht wieder solch eine löchrige Pampa.«

»Aber Sie bleiben hier, Piper. Und die Herren auch, bis ich Ihnen die Erlaubnis gebe, zu folgen.« Keller, der sich zum Chef der Spurensicherer berufen fühlte, streckte abweisend die Arme vor, »Sonst zertrampeln Sie mir alle schönen Spuren. Bitte Geduld, die Herren.«

»Schon gut, Herr Keller. Machen Sie mal. Wir befragen indes Frau Schlag.« Damit wandte sich Mellert an die alte Dame, die geschockt und leise Gebete zum Himmel schickend, neben Münchmann stand. »Nun, Münchmann. Überlassen Sie uns Frau Schlag für einen Moment?«

Frau Schlag wusste eigentlich nichts. Sie wollte nur ihre Kuh versorgen, als sie auf der Weide eine helle Erhebung entdeckte. Nachdem sie sah, um was es sich handelte, jedenfalls oberflächlich, war sie so schnell wie möglich zum Hafen gegangen, um die Polizei zu rufen. Das war alles.

»Kommen Sie?«, rief Keller.

»Danke Frau Schlag. Eventuell werden wir sie noch einmal aufsuchen müssen, um ein Protokoll aufzunehmen.« Als Mellert sich abwandte, hörte er noch, wie die alte Dame sagte: »Nenee, wat för ne Tied. Nuer Mord und Dodslag. Nenee.«

Im Gras lag eine junge Frau auf dem Rücken, vielleicht zwanzig Jahre alt. Mellert atmete auf, denn die Leiche war nicht verstümmelt worden, doch waren unzählige Flecken, Blutergüsse und Wundmale am ganzen Körper verteilt. Besonders die Brüste und die Füße mussten es dem Mörder angetan haben, denn sie waren voller Blut. »Er hat ihr fast alle Knochen gebrochen.« Keller flüsterte nur noch, als wenn er die Tote nicht wecken wollte. Mellert kniete nieder, und betrachtete das Gesicht der jungen Frau. Es war unversehrt, doch Schmerz und Angst waren regelrecht eingebrannt. Selbst aus den toten Augen schien immer noch nackte Angst zu flackern. Er kämpfte gegen Tränen an.

»Darf ich?« Der Doktor hielt ein Tuch in den Händen.

»Ja, tun Sie's, sonst verliere ich noch die Fassung.« Mellert stand auf. »Piper? Sie wissen, was zu tun ist?«

»Ja, Herr Inspektor. Vermisstenanzeigen durchforsten, Verwandte suchen.«

»Aaron?«

»Chef?«

»Bereite alles für eine Konferenz vor. Morgen, zehn Uhr.«

»Aye, Sir. Die ganze Kommission?«

»Jeder. Wir sehen uns in Kloster.« Er machte einen Schritt zurück, prägte sich noch einmal den Tatort ein. »Keller? Haben sie den Bericht bis morgen fertig?«

»Jawohl, Herr Inspektor. Einen ersten Überblick. Für die Details brauchen wir noch.« Keller drehte sich zu seinen Leuten. »Wenn Du mit dem Fotografieren fertig bist, Klaustaler, schafft das Mädchen in die Pathologie nach Bergen. Ich sehe sie mir dort mit dem Doktor genauer an.«

Eine halbe Stunde später war von der ganzen Aufregung nichts mehr zu sehen oder zu spüren. Nur das heruntergedrückte Gras gab noch für wenige Stunden Zeugnis davon, was hier gewesen war.

ERSTE ERFOLGE?

Mellert und Epsteiner zogen sich in die ›gode Stuv‹ zurück. Sie werteten ihre Notizen aus, die sie bei den Eltern von Nele und Antje gemacht hatten. Fränzels Ermittlungen trugen die Handschrift Mellerts und waren ebenso außerordentlich genau, wie die des Inspektors. »So, Aaron, lass uns zusammenfassen.«

Epsteiner war vorbereitet. Vor ihm lag ein Bogen Papier mit einer tabellenartigen Aufstellung. Die Namen der Opfer standen im Kopf der Tabelle. Das fünfte Opfer mussten sie noch mit einem Fragezeichen kennzeichnen.

Nach einer Stunde waren sie fertig. Und sie fanden die so lange gesuchte Gemeinsamkeit bei den Opfern. Alle vier waren Eleven der Tanzschule Kunzel in Anklam gewesen. Das war aber auch die einzige Gemeinsamkeit. Epsteiner sah von den Notizen zu Mellert. »Habe ich auch so rote Augen?«

»Kann man wohl sagen.« Er wischte sich mit den Händen über das Gesicht. »Machen wir Schluss für heute. Unsere Frauen warten und Annama und ein Abendbrot und ein Bier …«

»Hör schon auf. Ich bekomme sonst ein schlechtes Gewissen.«

»Ihr seid eingeladen.«

»Danke.«

»Ähm, kann es sein, dass etwas ›danebengegangen‹ ist?« Aaron hielt Anna-Marie unter den Armen hoch und sah sein Hosenbein an. Tatsächlich zeichnete sich ein dunkler Fleck ab. Anna lachte schadenfroh. »Gib her, den Racker.« Marie schnappte sich Annama und ging nach nebenan, um ihr frische Windeln anzulegen. Aaron stand auf. »Ich gehe runter und wechsle die Hose. Oder wollen wir uns gleich verabschieden?«

»Ja, machen wir.« Anna erhob sich, noch immer kichernd, ging zu Mellert und gab ihm einen Kuss auf die Wange. »Wir sehen uns? Morgen am Strand?«

»Nach der Konferenz schicke ich alle für zwei Tage in den Urlaub. Wir brauchen ein wenig Ruhe und Kraft für Konzentration.«

»Gute Idee, Mellert.« Sie streichelte Mellerts Wange. »Du siehst schon so fix und fertig aus wie Aaron.«

»Mein Gott! Blos nicht!« Der Inspektor lachte. »Ah, Marie, unsere Gäste wollen verschwinden. Dürfen sie?«

»Schade. Na dann, gute Nacht, euch beiden.«

Anna und Epsteiner liefen untergehakt langsam den Sandweg hinunter zum Klosterweg. Es war einer jener warmen und weichen Juniabende, an denen man gerne draußen auf der Terrasse sitzt oder auf einem Balkon oder in einem Gartenlokal bei einem Glas Bier oder Wein, und auf keinen Fall nach Hause möchte.

»Gehen wir noch zum ›Dornbusch‹?«

Als oftmalige Hausgäste bekamen Anna und Epsteiner einen Platz auf der Terrasse des Hotels. Sie genossen den Ausblick über die Wiesen nach Vitte hinunter, auf den Bodden und dem Hafen von Kloster. Mauersegler schossen auf der Jagd nach Mücken und Fliegen schreiend wie Projektile hin und her. In den Bäumen und Sträuchern tschilpten Spatzen und zwitscherten Heidevögel. Die warme Luft war erfüllt vom Gesumm der Insekten und ein sanfter, weicher Wind strich über die Insel. Er brachte den Duft des

Meeres nach Salzwasser, Fisch und Sand mit. Sie schwiegen und hingen ihren Gedanken nach; Anna fragte sich, was sie für eine Mutter sein würde und wie es wohl wäre, so nach und nach immer ›schwangerer‹ zu werden. Und was es wohl werden würde, Junge oder Mädchen und ob – »Wenn es nun ein Mädchen wird?«, fragte sie unversehens. Aarons Blick trennte sich langsam vom Ausblick über die Insel. »Äh?«

Anna betrachtete ihren Bauch. Es war nichts zu sehen. »Mädchen oder Junge?«

»Ähm, Mädchen.« Aaron grinste. Er langte über den Tisch, strich Anna sanft über die Wange. »Oder Junge.« Anna hielt Aarons Hand fest, drückte sie sanft. »Ich werde versuchen, ein guter Vater zu sein«, versprach Aaron, »Obwohl ich keine Ahnung habe, wie das geht.«

»Und wenn Du das tust, was Dein Vater …«

»Ich bin nicht vom alten Schlag. Keine Prügel, keine Backpfeifen.«

»Hat Dein Vater Dich geschlagen?«

»Nein.« Aaron machte eine Handbewegung. »Ah, nur einmal. Eine Backpfeife, eher symbolisch. Aber da war ich wirklich zu frech geworden. Im Nachhinein gebe ich ihm recht. Es war die Bremse, die ich wohl dringen brauchte.«

»Na also. Dann hat unser Kind ja Nichts zu befürchten.«

»Nein. Hat es nicht.«

Sie schwiegen. Um sie herum rauschten die Gespräche der Gäste und tönten die leisen Geräusche des Sommerabends. Die Sonne neigte sich langsam dem Horizont zu. Sie wurde immer roter, der Nordstern zeigte sich blass flimmernd am dunkler werdenden Himmel. Eine einsame Wolke zog vorbei, in Richtung Festland. Anna hätte gern mehr über seine Eltern erfahren, doch Aaron sprach kaum von ihnen. Mal hier und da eine Bemerkung, einen Einwurf, ein Beispiel, nie aber mehr als ein, zwei Sätze.

»Willst Du über den Fall reden, Aaron?«

»Auf keinen Fall. Bitte warte, bis ich, wir, soweit sind.«

»Zu grausam?«

Epsteiner nickte.

Der Morgen fand sie eng umschlungen. Es war Aaron, der Nähe gesucht hatte. Anna wachte mitten in der Nacht auf. Aaron knirschte mit den Zähnen, zuckte und klammerte sich an ihr fest. Anna ahnte jetzt, wie schwer es für ihn sein musste und warum er nicht mit ihr darüber sprechen wollte. Es wurde genug geredet, auf der Insel. Und obwohl Epsteiner kein Wort verlor, wusste Anna, dass er an diesen - wie nannten es die Klosteraner Hausfrauen? - ›Doten Deerns‹ arbeitete. Wenn sie in Berlin geblieben wäre, dann hätte sie vielleicht keine Ahnung gehabt, aber hier in Kloster kochte die Gerüchteküche. Man schwatzte von einem Massenmörder, der auf der Insel sein Unwesen trieb, dass Denke noch lebe oder Harmann geflohen sei und mit seinem Hackebeil neuerdings Frauen statt Männer töte, oder ein wildes Tier über die Insel streiche und einsame Frauen würge. Der ›Würger von Neuendorf‹ hieß es in den Zeitungen, treibe sein Unwesen auf dem Festland und benutze die Insel Hiddensee als Ablageort für seine Opfer. Woher die Zeitungen das wussten, war Aaron unklar. Er schimpfte darüber, wie ein Rohrspatz. Und das Motiv war Gegenstand wilder Spekulationen, nicht nur sensationslüsterner, sondern auch politischer Ansichten. Die Nazizeitungen behaupteten, die Juden seien schuld, die bürgerlichen Zeitungen sahen ein linksradikales Komplott und die linke Öffentlichkeit fand in dem Schuldigen den faulenden, absterbenden Kapitalismus. Anna seufzte und schlief wieder ein.

Zum Frühstück kamen die Mellerts. Sie verabredeten sich an der Nordspitze unterhalb des Dornbusches. »Das wird leicht. Sparen wir uns die Badehose.« Die Gegend wurde vom durchschnittlichen Besucher der Insel, abgesehen von Spannern, im Allgemeinen gemieden. Die Gastgeber wiesen ihre Gäste gleich zu Beginn auf die Besonderheiten der Insel hin, allein schon deswegen, um Ärger zu vermeiden. Es waren nicht immer nur liberale Gäste, denen es völlig gleich war, was andere hier taten, wenn sie nur ihre Ruhe und Erholung hätten. Da waren die Konservativen, Kaisertreuen, die miefig bürgerlichen und die überzeugten Nazis darunter. Da war es besser, diese Leute in ihrem Bereich zusammenzuhalten. Aber die ›Szene‹ lebte weiter. Gerhard Hauptmann residierte in seinem nunmehr repräsentativen ›Haus am Meer‹ oberhalb des Klosterweges und hielt Hof, die Familie Mann war zu Besuch, doch es fand sich kein Grund zur Freundschaft. Eine Zeit lang beherrschten zwei Könige eine Insel. Aber nur einer konnte bleiben. Die Nielsen kaufte sich ein Haus und nannte es wegen seiner Form ›Karusel‹, und amüsierte sich mit dem exzentrischen Ringelnatz und unzähligen Bohème, die sie ständig aufsuchten und um sie herum kreisten. Heinrich George war hier und sein Kollege Paul Wegener. Überhaupt, im Sommer quoll die Insel über vor Prominenz. Die ›Malweiber‹ von Hiddensee, die sie nie sein wollten, arbeiteten sich fleißig an der Insel ab; Henni Lehmann, Clara Arnheim, Elisabeth Büchsel. Die Loewenthal, Andrae, Bamberg, Wolfhorn und Stroschein. Es waren die Malerinnen der ›Blauen Scheune‹, sie prägten still und unprätentiös den Charakter dieser schönen Insel, wie auch die Eingeborenen. Und deshalb trafen sich die Boheme und die, die sich dazugehörig fühlten, dort oben an der Nordspitze der Insel. Frei, froh, nackt, ungezwungen, wenn schönes Wetter zu erwarten war.

Die Männer schleppten Picknickkörbe und Strandhocker, die Frauen ihr Malzeug und Badetücher. Sie gingen den staubigen Weg an der Feuerwache vorbei zum Strandübergang, stapften durch den lockeren Sand zum Strand. Hier saßen schon die ersten Strandbesucher, noch züchtig bekleidet. Kinder sprangen nackt zwischen den Steinen am Ufer herum oder ließen sich in die Wellen fallen, die sie brav wieder ans Ufer spülten. Dann kam der ›Mischbereich‹. Auf der Suche nach einer freien Stelle, von denen es genügend gab, traf der ahnungslose Gast auf die ersten Nackten. Aber was wollte er machen? Zurückgehen? Nein. Er nahm unsicher Platz, versuchte möglichst keine neugierigen Blicke auf die so Anderen zu werfen, und musste doch immer neidvoll hinüberblicken, auf die Menschen, die ihre mehr oder weniger schönen Körper der Sonne und dem milden Seewind aussetzen, herumliefen, schwatzend auf ihren Decken saßen oder einfach nur ruhten.

Anna entdeckte eine Kollegin des Künstlerinnenbunds und winkte. »Wollen wir?« Sie lief zielstrebig drauf zu, ohne eine Antwort abzuwarten.

»Anna. Wie schön, Dich wiederzusehen.« Die Frauen umarmten sich. Anna stellte ihre Freunde vor. »Und das ist Gerda.«

»Von Ihnen habe ich schon gehört, Herr Mellert. Sie haben den Mörder von Bergander erwischt.«

»Nun, nicht ganz, gnä‹ Frau. Leider ist *der* uns durch die Lappen gegangen. Aber sagen Sie einfach Mellert zu mir.« Er spürte Neugierde bei der Frau. Seit dem Fall Bergander waren er und Epsteiner bekannt wie bunte Hunde. Und natürlich waren die Toten von Neuendorf das Gesprächsthema auf der Insel. *Leider,* dachte Mellert, denn er hatte keine Lust, auch nur ein Wort über den aktuellen Fall zu verlieren. Marie lenkte geschickt das Thema auf die Kunst- und Künstlerszene. Sie war schon eine Weile nicht mehr hier gewesen und entsprechend neugierig.

DAS NETZ IST AUSGELEGT

Doch das Leben holte sie wieder zurück in die Gegenwart. Marte Scholz aus Blesewitz bei Anklam hieß das vorerst letzte Opfer. Das zu wissen, verdankten sie Pipers Fleiß und Hartnäckigkeit.

»Es war Zufall, Herr Mellert. Gleich die erste Vermisstenanzeige traf zu hundert Prozent zu.« Zu Mellerts und Epsteiners Erleichterung war Piper schon bei Martes Eltern gewesen und brachte eine Menge Informationen mit.

Sie besaßen einen Anhaltspunkt, sahen eine Gemeinsamkeit; die ›Tanzschule Kunzel‹ in Anklam. Auch Marte war eine eifrige Besucherin dieses Etablissements gewesen und manchmal allein mit dem Fahrrad unterwegs, ähnlich wie die vorherigen Opfer. Piper schickte Fränzel und die Spurensicherer los, den Weg zwischen Blesewitz und der Tanzschule nach dem Fahrrad und nach verdächtigen Spuren abzusuchen.

»Gut gemacht, Piper«, lobte Mellert seinen ehemaligen Assistenten. *Der Mann weiß, was zu tun ist*, dachte er und überlegte, Piper für eine Auszeichnung vorzuschlagen. Eine Solderhöhung klammerte er unter den derzeitigen monitären Bedingungen bei der Polizei aus. Aber sie mussten noch auf Fränzel und die ›Spusi‹ warten.

»Dann werden Epsteiner und ich der Tanzschule einen Besuch abstatten. Sie und Fränzel suchen nach weiteren oder anderen Spuren, nicht, dass wir uns auf einen Punkt konzentrieren, der in einer Sackgasse endet.«

Piper nickte. »Es kann ja ein Zufall sein. Eventuell gibt es eine weitere Spur. Wir werden auch den abstrusesten Annahmen folgen.«

Das Festland begrüßte sie mit Nieselregen. Sulzheimer erwartete sie am Hafen und ließ sich von Mellert die neuesten Erkenntnisse mitteilen. »Is ja een Ding!«, rief er preußisch knapp. »Na hoffentlich kriegste den Kerl so schnell wie möglich.« Damit war Sulzheimers Interesse an der Sache vollständig erschöpft und er berichtete den neuesten Klatsch, der in Stralsund die Runde machte. Epsteiner gähnte verstohlen. In der Inspektion gab man ihnen einen Opel, ein schon etwas betagtes Fahrzeug, das die wenigen Steigungen bis Anklam schnaufend bewältigte, während sie ständig von empört hupenden Autofahrern überholt wurden. Er rumpelte und ließ an den Türen Wasser in den Innenraum. Sie erreichten die Tanzschule, nicht weit entfernt vom Markt, in einer Seitengasse gelegen. Es war ein typisches Ackerbürgerhaus mit einer Scheune über dem Hof, in der die Kunzels ihre Tanzschule unterhielten.

Über dem weit offenstehendem Tor prangte ein Schild in Jugendstilschrift, »Tanzschule Elfriede und Kurt Kunzel, gegr. 1876«. Das Haus der Kunzels war älter und zeigte deutliche Spuren seines Alters. Sie gingen durch das Tor. Die braune Farbe des Panels blätterte ab, die lindgrün gestrichenen Wände zeigten Schmutzspuren. Ein Emailschild wies in den Hof: ›Tanzschule‹, darunter ein langer Pfeil.

»Folgen wir dem Pfeil.« Man hörte ein Klavier spielen. Es war eine fröhliche Melodie mit einem lebhaften Rhythmus. In dem Tor der ehemaligen Scheune befand sich eine Pforte. Sie gingen hindurch und standen in einem plüschigen Vorraum. Roter Samt dominierte hier. An den

Garderobenhaken hingen Mäntel und Hüte von Männern und Frauen. An den Seiten waren Türen, die mit der Aufschrift, »Damen« und »Herren« auf ihren Zweck hinwiesen. Zum Saal ging eine doppelflügelige Glastür, wie sie zu wilhelminischen Zeiten üblich war. In der Form zitierte sie das Rokoko, das Glas war getrübt, nur der Seitenschliff war durchsichtig.

Die Musik hatte aufgehört, zu spielen. Sie hörten einen Mann sprechen. »Gehen wir, bevor sie wieder anfangen.« Entschlossen trat Mellert durch die Tür.

Zehn Augenpaare sahen die Kriminalisten neugierig an. Mellert musste nicht erst fragen, wer Herr oder Frau Kunzel waren. Die standen, die Arme um die Hüfte des Partners, vor einer Gruppe junger Frauen und Männer um die zwanzig bis dreißig. Allein ihre Körperhaltung, aufrecht, elegant, selbstbewusst kennzeichnete sie als Eigner der Tanzschule. »Herr und Frau Kunzel. Wir müssen Sie dringend sprechen.« Mellert zeigte diskret seine Marke. Etwas an Mellerts Ton und Auftreten machte, dass das Paar Kunzel sofort reagierte. »Nun«, verkündete Herr Kunzel, »Wir waren eh fertig. Ich danke, meine Damen«, er machte einen höflichen Diener, »Meine Herren. Bis demnächst.« Dann wandte er sich Mellert zu. »Guten Tag, die Herren. Mit wem …«

Mellert zog seine Dienstmarke. »Inspektor Mellert, Kommissar Epsteiner. Mordkommission Berlin.«

»Oh!« Frau Kunzel machte große Augen. Sie sah sich erschrocken um, doch ihre Tanzeleven waren schwatzend und lachend aus dem Saal verschwunden. »Was können wir für Sie tun, meine Herren?«

»Wir haben Fragen zu fünf Schülerinnen ihrer Tanzschule, Frau Kunzel.« Mellert sah sich nach einer Sitzgelegenheit um. Doch Herr Kunzel, der blass geworden war, schluckte und zeigte mit der Hand auf den Ausgang. »Dann lassen Sie uns in unsere Wohnung gehen.«

Die gute Stube war genau das, was Epsteiner erwartete. Der Mief der Kaiserzeit lebte noch in jedem Möbelstück. Offenbar erbrachte die Tanzschule gerade so viel Gewinn, dass die Kunzes davon leben konnten. Sie setzen sich an den Tisch in der Mitte des Zimmers. Mellert legte die Hände auf die Spitzendecke. Sein Blick zeichnete die Muster des Tuches nach. »Nun, Herr und Frau Kunzel. Es geht um Fräulein …« Er zählte die Namen der fünf Frauen auf. Epsteiner beobachtete die Mimik des Ehepaares, doch außer neugieriger Interessiertheit konnte er nichts anderes erkennen.

»Ja, die Namen sind uns bekannt.« Kunzel sah Mellert gespannt an. Doch da Mellert wartete, fuhr er fort: »Die Damen haben unerwartet aufgehört und auch ihre Rechnungen noch nicht bezahlt«, tönte er pikiert. »Ist ihnen etwas geschehen?«

»Warum fragen Sie, Herr Kunzel?«

»Nun, sie sind von der Mordkommission aus Berlin. Da muss ich annehmen, dass die jungen Damen …«

»Sie sind tot«, erklärte Epsteiner trocken und fing sich einen schrägen Blick von Mellert ein. Er sollte beobachten, nicht erklären.

»Tot? Ein Unfall?«

Doch Mellert wollte darauf nicht antworten. »Herr, Frau Kunzel, was wissen sie von den Damen? Fangen Sie bei Nele Mellenthin an.«

Kunzel bekam einen schwärmerischen Blick, während Frau Kunzel die Augenbrauen zusammenzog. »Die Nele, ja, die Nele. Sehr talentiert. Ihre Tanzpartner könnte man nur glücklich nennen. Sie tanzte wie eine Feder und war leicht zu führen. Es war …«

»Gab es einen speziellen Verehrer?«

Kunzel dachte nach. »Nun ja, im Laufe der Zeit kristallisiert sich immer einer heraus. Dieser Junge, Elfriede, wie hieß er doch gleich? Er kam, nachdem Fräulein Mellenthin nicht mehr erschien, auch nicht mehr hierher.«

»Friedrich oder Friderikus?«

»So ähnlich.«

»Ahäm, ist es üblich, dass die jungen Frauen, sozusagen ohne männlichen Schutz zu ihnen kommen?«

»Wir leben in modernen Zeiten, Herr Mellert.« Kunzel sah seine Frau an. »Fräulein Mellenthin war noch an einem Freitagabend hier und kam dann nicht mehr wieder. Ja.«

»Und die Antje Kramer?«

»Eine durch und durch nette Person. Auch wenn sie etwas – füllig war, besaß sie eine natürliche Eleganz. Der arme Herr Müller war untröstlich, nachdem sie auch nicht mehr zu den Tanzstunden kam.«

»Er war vorhin dabei.« Kunzel zeigte mit dem Daumen über seine Schulter.

»Weiter?«

»Ja, also die Frederike? Eigentlich unscheinbar. Sie fand nicht leicht einen Partner, weil sie führen wollte.«

»Und die Josefine war die hübscheste«, ergänzte Frau Kunzel schwärmerisch. »Und tanzen konnte sie, tanzen! Ein Traum.« Mellert wollte nicht weiter darüber nachdenken. Er besaß ganz persönliche Ansichten bezüglich gleichgeschlechtlicher Liebe. Aber er tolerierte sie, seit er auf Hiddensee war. Er sah zu Kunzel, der die Augenbrauen zusammenzog. Mellert lenkte ab: »Seien Sie so freundlich, und suchen Sie uns die Adressen der Herren heraus.«

»Ja, dürfen wir denn das?«

»Sie müssen, Frau Kunzel.«

»Wenn das so ist.« Sie erhob sich. »Wünschen Sie von allen Herren …?«

Mellert dachte einen Moment nach. »Von denen, die seit einem Monat hier bei Ihnen sind.« Er erkannte einen fragenden Blick. »Wir sind diskret, Frau Kunzel, sehr diskret.« Er sah, wie sie aufatmete. Und nachdem Frau Kunzel verschwunden war, um die Adressen aufzuschreiben, fragte ihr Ehemann: »Geht es um die Morde auf Hiddensee, Herr Inspektor?«

»Diesbezüglich bitte *ich* Sie um Diskretion.«

»Darauf können Sie sich verlassen, Herr Mellert. Nichts schadet uns mehr, als mit den Morden in Zusammenhang gebracht zu werden.« Er blickte, wie Hilfe suchend, zu Decke. »Fragen Sie weiter, Herr Inspektor.«

Auf der Rückfahrt nach Stralsund fragte Epsteiner: »Dann können wir den Kunzel getrost von der Liste der Verdächtigen streichen?«

Mellert wiegte den Kopf. »Jeder, der mit den Mädchen zu tun hatte, ist per se verdächtig. Erst wenn sie lückenlose Alibis nachweisen können, kannst Du streichen.«

»Dann bleibt erst einmal, eine lange Liste abzuarbeiten.«

»Richtig. Und mit dem Kunzel fangen wir an. Und dann die Liste der Kavaliere runter.« Epsteiner verdrehte die Augen.

»Wir nehmen uns vier Tage in Anklam, bestellen die Kerle auf die Inspektion am Markt und befragen sie. Du machst den guten, ich den bösen Polizisten. Na, was sagst Du?«

»Gute Idee.«

»Die Verifizierung übernehmen Fränzel und Michel.«

»Und was machen *wir* zwischendurch?«

»Wir suchen den Mörder.«

»??«

»Nun, ich glaube nicht daran, dass Kunzel oder die Tanzschüler Mörder sind.«

»Und warum erfragen wir dann die Alibis?«

»Um sicherzugehen, dass unter ihnen nicht doch der Mörder versteckt ist.«

»Umständlich.«

»Tja. Polizeiarbeit ist nicht immer der gerade Weg. Wir haben zu viel lose Enden. Die müssen wir unter Kontrolle halten.« Mellert beugte sich zu Epsteiner. »Morgen fahren wir nach Anklam und befragen die ganze Umgebung der Tanzschule nach verdächtigen Ereignissen oder Figuren.«

»Verstehe. Und heute?«

»Ab nach Kloster. Gib Gas, wir müssen den Dampfer noch kriegen. Unsere Frauen warten.« Und Epsteiner gab Gas.

TANZSCHULE KUNZEL

Zwölf Männer saßen oder standen im Flur der Polizeistation »Am Markt, Anklam« und warteten darauf, ins Zimmer des Reviervorstehers gerufen zu werden. Warum sie hier waren, wusste keiner, nur dass sie sich zur »Klärung eines Sachverhaltes«, einzufinden hatten. So schwiegen sie, warteten und machten sich mehr oder weniger Sorgen. Zum Glück schien die Befragung der Einzelnen nicht lange zu dauern. Die ersten drei waren nach fünfzehn Minuten wieder draußen. Sie sagten nichts, als sie an den Wartenden vorbeigingen, blickten starr geradeaus und verschwanden durch die Tür. Die Revierpolizisten passten auf wie Dobermänner, dass nicht geredet wurde.

Im Befragungsraum, eigentlich die normale Amtsstube des Reviers, saßen Mellert und Epsteiner an einem Schreibtisch. Einen Meter davon entfernt stand einsam ein Holzstuhl, auf dem die zu Befragenden Platz nehmen mussten. Mellert hielt sich im Hintergrund, während Epsteiner das Verhör führte.

»Herr Kunzel ist jetzt da«, meldete ein Wachhabender.

»Dann herein mit ihm!« Epsteiner sah Mellert an, der zustimmend nickte.

Kunzel kam heute in einem schwarzen Gehrock und schwarzen Hosen. In seinem Oberhemd waren Knitterfalten und der rote Schlips mit weißen Punkten saß schief. Überhaupt war die Erscheinung Kunzels etwas desolat, sein Gesicht trug tiefe Sorgenfalten und die graublauen Augen sausten unstet von Mellert zu Epsteiner und dem Polizisten, der die Tür bewachte.

»Setzen Sie sich, Herr Kunzel.« Epsteiner wartete, bis Kunzel endlich ruhig saß. »Geht es Ihnen gut, Herr Kunzel? Ist alles in Ordnung?«

»Jaja. Alles gut.«

»Dann können Sie uns einige Fragen beantworten?«

Kunzel sah zu Mellert, doch der war eben mit seinen Fingernägeln beschäftigt, die er ausgiebig betrachtete.

»Was wollen Sie denn noch wissen?«

»Wir würden gerne erfahren, wo Sie am dritten bis siebten Juli waren.«

»In der Tanzschule.«

Epsteiner reagierte mit keinem Muskel im Gesicht, Mellert räusperte sich drohend. Sofort wurde Kunzel rot.

»Ich meinte auch nicht zu Ihrer üblichen Arbeitszeit, Herr Kunzel.« Aarons Stimme war samtweich. »Sondern danach. Von zwanzig Uhr abends bis sechs Uhr morgens?«

»Im Bett?«

»Das dürfen Sie nicht mich fragen, Herr Kunzel. Waren Sie im Bett?«

»Ich denke schon.«

Ein Knurren erklang aus der Ecke, in der Mellert saß. »Wissen Sie, Herr Kunzel, ich bin langmütiger als mein Chef. Ich gebe Ihnen jetzt ein paar Minuten Zeit nachzudenken, und dann antworten Sie noch einmal.« Epsteiner tat, als setze er sich gespannt zurecht, um die Aussage Kunzels eifrig zu notieren. »Beginnen Sie mit dem Dritten«, schlug Aaron vor.

»Am dritten waren wir, meine Frau und ich, nach der Tanzschule im Ratskeller essen. Danach sind wir nach Hause gegangen.« Kunzel hob die Schultern. »Muss so gegen zehn gewesen sein. Und danach, glaube ich, sofort ins Bett.«

»Geht doch«, brummte Mellert in seiner Ecke.

Epsteiner nickte. »Weiter. Vierter Juli?«

»War keine Schule. Wir waren auf dem Markt und dann zu Hause. Gartenarbeit. Im Allgemeinen gehen wir gegen zehn zu Bett und stehen um sieben wieder auf.«

»Fein.« Aaron schrieb sich Stichworte auf, während Kunzel versuchte, sich Tag für Tag zu erinnern. Als sie fertig waren, stand Kunzel auf. »Kann ich jetzt gehen?«

»Bitte. Und vielen Dank.«

»Verdächtigen Sie *mich* etwa?«

»Sagen wir es so, Herr Kunzel. Zum Anfang verdächtigen wir alle, die irgendwie mit den Opfern zu tun hatten, und schließen sie Stück für Stück aus. Je nachdem wie plausibel ihr Alibi klingt, und wie sicher es ist. Wir werden alle Aussagen überprüfen. Eine Heidenarbeit.« Er schob grinsend Kunzel zur Tür. »Guten Tag noch.« Er blickte Kunzel noch hinterher, wie er über den langen Flur mit den dort versammelten Männern ging. Den Kopf starr geradeaus, ohne nach rechts oder links zu sehen.

»Der Nächste bitte!«

Es war ein langer Tag, an dessen Ende die Kriminalisten wie tot auf ihren Stühlen saßen. »Manchmal frage ich mich, warum ich diese Arbeit mache«, stöhnte Mellert, »Mir dröhnt der Kopf, als habe ich neben einer Gesenkschmiede gesessen.« Er stand mühsam auf, raffte die Papiere zusammen. »Gehen wir ein Bier trinken?«

»Anna?«

»Ja?«

»Kannst Du mir helfen?«

»Ist es so weit?«

»Ich glaube, ja.« Anna stand im Türrahmen, die Arme vor der Brust gekreuzt. »Und wie eilig ist es?«

»Sehr?«

»Ich rufe den Doktor.«

Drei Stunden später hielt Marie einen kleinen Jungen im Arm. Aber Mellert war nicht da und Epsteiner auch nicht. »Glückwunsch.« Der Doktor trocknete sich die Hände ab. Er sah auf Marie herab, so von oben, mit einem Doktorblick. Dann lächelte er breit. »Ein hübscher Knabe. Ich würde lügen, wenn ich behaupten würde, ganz der Papa.« Er nickte Anna zu. »Sagen Sie rechtzeitig Bescheid, wenn es bei Ihnen so weit ist. Ich komme gerne.« Er legte das Handtuch betont vorsichtig auf den kleinen Tisch. »Gute Nacht noch. Morgen früh schaue ich noch einmal herein.« Damit verschwand er in die Dunkelheit der Nacht.

Anna setzte sich auf Maries Bett. Ihre Freundin schlief tief und fest, den Kleinen an ihrer Brust. Und auch der schlief nach der Aufregung der Geburt und schnaufte leise. Anna musste lächeln und ein warmes Gefühl durchströmte sie. Gedankenverloren strich sie über ihren Bauch und gähnte ausgiebig.

»Schläfst Du schon wieder?« Anna schreckte hoch. Sie sah sich verwirrt um, doch dann begriff sie: Maries Niederkunft, der kleine Paul. Sie war mit letzter Kraft zum Sessel geschlichen und wohl sofort eingeschlafen. Marie saß auf der Bettkante. »Na? War es schwer?«

»Und wie«, entgegnete Anna. »Du hättest dabei sein sollen.« Sie hielt den Kopf schief und beobachtete, wie der kleine Paul schmatzend an Maries Brust saugte. Sie konnte sich nicht vorstellen, wie es bei ihr sein würde. Wäre sie auch so munter, wie Marie?

Draußen polterte es. Sie hörten Männerstimmen, das tiefe Brummen von Mellert und die jugendlichere Epsteiners. Die Tür ging auf und ein schnuppernder Mellert stand im Türrahmen. »Es riecht hier nach …« Dann sah er Marie mit ihrem Paul, der jetzt zufrieden und leise schnarchend schlief. »Das ist, äh – Marie - warum hast Du -« Und während seines Stotterns war er an Maries Bett angelangt. »Mein Gott, Marie!« Er beugte sich über seine Frau, legte vorsichtig die Arme um sie und gab ihr einen Kuss auf die Stirn. Dann blickte er auf seinen Sohn. »Darf ich?« Er nahm das Bündel in den Arm und blickte in das schlafende Gesicht. »Wie schön.« Marie lächelte still und glücklich.

»Die Heilige Familie«, bemerkte Aaron. Er wollte lächeln, doch es verging ihm, als er Mellerts Blick sah; Er ging durch sein Kind hindurch auf den Boden. »Ich muss telefonieren.« Damit gab er das Bündel an Marie zurück. »Entschuldigt.« Mit schnellen Schritten ging er auf den Flur, wo ein nagelneues Telefon an der Wand hing.

»Ich möchte Herrn Kommissar Keller sprechen. Ist das möglich? Und entschuldigen Sie den sehr frühen Anruf, Frau - Danke.« Mellert sah auf und hob die Schultern. Dabei trommelte mit den Fingern auf das Gehäuse des Apparates.

»Ja? Ah, Keller. N'Abend. - Ihnen auch - Ich möchte, dass sie das ganze Umfeld des – der Leichenfunde absuchen.« Er lauschte. »Nein, nicht oberflächlich. Suchen Sie nach Spuren im Boden.« Er nickte. »Ja, Leichen – Was? Einen Leichenhund? Rufen Sie Stralsund an. Und, Keller, gleich morgen. Wir sehen uns.« Mellert hängte ein. Jetzt konnte er sich seiner größer gewordenen Familie widmen. Er rieb sich zufrieden die Hände. »Kinder!«, rief er, als er das Wöchnerinnenzimmer betrat: »Sekt, Kinder! Eine ganze Kiste! Mein Sohn muss einen langen Hals bekommen!«

SPUREN IM GRAS

Vier Polizisten standen am Rande des weiten Feldes zwischen dem *Fischerhaken* und *Plogshagen* und ließen niemanden durch. Einheimische und ein paar der übrig gebliebenen Urlauber lauerten auf Sensation und tuschelten miteinander. Die wüstesten Gerüchte gingen um, und immer suchten die Blicke der Neugierigen Mellert und seine Crew. Doch die standen, wie sie, am Rande des Feldes und beobachteten die drei Männer, die mit langen Stangen und Spaten, sowie einem Hund bewaffnet, in Zickzacklinien über das Feld liefen. Plötzlich blieb der Hund stehen und begann zu bellen und zu scharren. Sofort griffen die Männer zu ihren Spaten. Erdbrocken flogen in die Höhe und dann, nach etlichen Spatenstichen, hielten sie mit ihrer Arbeit ein. Sie stellten die Spaten auf den Boden. Dann ging einer von ihnen einen Schritt zur Seite und steckte einen Stab mit einem Fähnchen in den Boden.

»Du hast offensichtlich recht gehabt, Mellert.« Epsteiner machte einen Schritt näher auf den Feldrain zu.

»Wir warten, Aaron.«

»Jaja. Ich wollte nur – weiß nicht, was ich wollte. Vielleicht graule ich mich schon vor dem Anblick?«

Mellert legte die Hände auf den Rücken und ging hin und her. Sein Kopf schmerzte noch vom gestrigen Tage. Ein oder zwei Gläser Sekt waren wohl schlecht gewesen. Aber eines wog alles auf: Marie! Er war so unendlich stolz und er bewunderte sie wegen ihres Langmuts. Er warf noch einen Blick in die Richtung des *Gellen,* wo seine Männer vorsichtig über das Feld schlichen und angestrengt auf den

Boden starrten. »Komm, lass uns einen Kaffee trinken. Kommen Sie mit, Piper?«

Auch am späten Nachmittag liefen die Spurensucher immer noch über das Feld und ließen keinen darauf. Inzwischen waren zum ersten Fähnchen vom Morgen, sechs weitere hinzugekommen. An der Absperrung waren vier Männer versammelt: Mellert, Epsteiner, Piper und Kommissar Keller.

»Lassen Sie uns Zeit, Herr Mellert. Wir haben, geschätzt, noch die Hälfte des Feldes zu beackern. Sie sehen ja – sieben Grabstätten.« Keller sah mit gerunzelter Stirn zum Himmel. »Es wird noch ein paar Tage trocken bleiben. Morgen sind wir hier fertig und räumen übermorgen auf.«

»Gut.« Mellert stimmte nach einem Moment des Überlegens seinem Kollegen zu. »Wenn Sie noch Hilfe benötigen, lassen Sie Bescheid sagen. Ich schicke gegen sechs die Ablösung für die Wachen. Sie finden uns in Kloster.« Er drehte sich um, und stapfte zum Wagen, dessen Kutscher gerade ein Nickerchen machte.

»Fahren wir!«

Am späten Abend kamen Keller, Hergert und Klaustaler in den Wiesengrund. Keller sah sich suchend um, dann entdeckte er Mellert und Epsteiner mit ihren Frauen. Er winkte Mellert zu.

»Kommen Sie nur her, stellen Sie sich Stühle dazu.« Als alle endlich saßen, winkte er der Kellnerin: »Bier!« Dann lehnte er sich gespannt vor: »Nun?«

Hergert sah sich unsicher um. »Ähm?«

»Ja, sprechen Sie nur.«

»Es sind insgesamt elf Grablegen, von denen zwei schon uralt sind. Neun enthalten Frauenleichen in unterschiedlichem Zustand der Verwesung.« Er sah zu Anna und Marie, die schweigend zuhörten. »Also, wir nehmen an, dass es sich überwiegend um solche handelt.«

»Mannomann!« Mellert schüttelte den Kopf.

»Wir brauchen etwas Zeit, um alle genauestens zu untersuchen. Ich habe die Leichname und die Überreste nach Bergen bringen lassen.«

Mellert saß jetzt zurückgelehnt im Stuhl. Wie er geahnt hatte, es würde nicht leicht werden, jedoch mit einem solchen Ausmaß hatte er nicht gerechnet. Selbst wenn nur die Hälfte der Grablegen ihren Fall betreffen würden, wäre es schlimm. Und sie besaßen noch keine Vorstellung vom Mörder. Das Einzige, was sie zu wissen glaubten, war, dass er sehr wahrscheinlich im Umfeld von Anklam lebte und arbeitete. Mager! Sehr, sehr mager! »Ich gebe Ihnen eine Woche, um die wichtigsten Untersuchungen abzuschließen, meine Herren.« Er stand auf. »Und nun, lass uns nach Hause gehen, Marie. Unsere Kinder sind bestimmt schon ganz hibbelig und der winzige Paul wird Durst haben, wie ein junger Bär.« Er griff nach Maries Händen und zog sie hoch.

Die Männer sahen dem Paar hinterher, wie sie die Terrasse verließen. »Sieht nicht glücklich aus, der Mellert«, meinte Klaustaler versonnen.

MÄRZ 1933

Durch das offene Fenster drang der Verkehrslärm der Alexanderstraße in Mellerts Büro. Der März 1933 begann warm und sonnig, was die Berliner Spatzenmänner ausgiebig feierten und deren Balzgezwitscher ungeachtet des Verkehrs aus allen Richtungen ins Zimmer tönte. Der Inspektor las zum dritten Mal die Berichte über die Leichenfunde am *Schwarzen Peter*. Es handelte sich tatsächlich in neun Fällen um Frauen, teils skelettiert, teils stark verwest. Mellerts Spurensicherung, *Spusi,* wie man sie kurz nannte, hatte schwer gearbeitet. Aber auch die Kommissare um Mellert waren jedem noch so kleinen Hinweis nachgegangen, hatten ihn gedreht und gewendet und nach den kleinsten Spuren gesucht. Doch es blieb beim Status quo: Keine Spur führte zu einer bestimmten Person. Entweder verliefen sie im Sande oder endeten abrupt ohne Ergebnis. Und noch eines war passiert; die Morde endeten mit dem letzten Fund auf Hiddensee. Aber das waren scheinbar nur Kleinigkeiten, gegen die Ereignisse der letzten Monate der Jahre 1932 und der ersten drei 1933. Deutschland veränderte sich schnell und grundlegend.

Reichpräsident von Hindenburg ernennt Hitler zum Reichskanzler, die sogenannte Machtübernahme begann. Sofort schlugen die Nazis zu, sicherten ihren Machtanspruch sowohl politisch als auch paramilitärisch. Innenminister und Reichskommissar für das preußische Innenministerium wurde Hermann Göring[4], neuer Polizeipräsident war ein NSDAP-Mitglied, ein gewisser von Levetzow, Konteradmiral a.D., dessen Credo lautete: »Ruhe und Ordnung, Zucht und Sitte«. Angesichts der Verbrechen, die in Berlin und Preußen begangen wurden, ein für Mellert verständlicher Wunsch. Aber plötzlich bekam die Polizei auf Anordnung Görings neue »Hilfskräfte«; SA, SS und der Stahlhelmbund, die auf die politischen Gegner losgelassen wurden. Mellert beobachtete und schwieg. Auch als eines Tages Müller, sein ehemaliger Mitarbeiter, in SS-Uniform vor ihm steht; zufrieden grinsend. »Wie geht's, Mellert. Haben Sie Ihren Mörder immer noch nicht gefunden? Geben Sie uns den Fall«; und mit einem seltsam herablassenden Blick zu Epsteiner: »Wir sehen uns noch, Epsteiner.« Mellert komplimentierte ihn höflich, aber entschieden hinaus. Er wusste nicht, was er von den Schwarzuniformierten halten sollte, die sich überall hineinmischten und -drängten. Zuvörderst sah er sie als Rabauken an, die man schon irgendwie unter Kontrolle bekommen würde.

Und dann, nach dem Reichstagsbrand begannen die Verhaftungen. Nicht nur außerhalb des Polizeipräsidiums. Nein, auch hier verschwanden von heute auf morgen Angestellte und Mitarbeiter. Man flüsterte von Schutzhaft

---

[4] Hermann Göring (NSDAP) wurde im Januar 1933 im Kabinette Hitler zum Reichskommissar für das preußische Innenministerium ernannt. In dieser Funktion war er Dienstherr der gesamten preußischen Polizei und spielte so bei der Machtübernahme und dem Aufbau des nationalsozialistischen Regimes eine entscheidende Rolle, da man sich nur mittels der Kontrolle über die exekutiven Ordnungsorgane der politischen Gegner entledigen konnte.

Quelle: www.dorsten-unterm-hakenkreuz.de

und Lagern, in denen politische Gegner festgehalten wurden. SA- und SS-Leute marschierten arrogant und lautstark über die Gänge des Polizeipräsidiums und mischten sich in die Angelegenheiten der Polizei immer mehr ein. Und die Polizei akzeptierte widerstandslos. Seine Mordkommission betraf es (noch) nicht, aber andere Abteilungen, bis hinunter ins Archiv. Und die politische Abteilung, zu der auch Müller gehörte, summte und brummte und zog aus, auf »Sozi- und Kommunistenfang«.

Der geniale Gennat hielt seinen Posten, schützte seine Leute, so gut er konnte. Dennoch vermochte auch er nicht alles. Mellert schob die Papiere beiseite und sah aus dem Fenster. Alles schien, wie eh und je, und doch lag über der Stadt eine merkwürdige Spannung. Die Uhr zeigte auf fünf vor sechszehn Uhr. Mellert reichte es für heute. Er stand auf, ging ins Vorzimmer. »Machen wir Schluss für heute, Epsteiner. Und Sie auch Schmittchen.« Er nahm seinen Hut von der Ablage, stülpte ihn sich über, schlüpfte in den immer noch nötigen Wintermantel. »Ich bringe Dich noch ein Stück, Aaron.«

»Danke, nicht nötig. Mit der U-Bahn ...«

»Ich bestehe darauf.« Mellert fixierte seinen Kommissar. Der verstand. Sie wollten unter vier Augen reden. Na gut, wenn das so ist ...

Mellert startete den Wagen. Es war ein älterer Mercedes Benz 350, den Mellert bei seinem Automechaniker gegen seinen alten Ford mehr oder weniger getauscht hatte. Etwas von seinem Ersparten musste er noch draufsetzen. Er glitt aus der Parklücke und reihte sich in den Fluss des Verkehrs ein. Sie umrundeten das Rondell am Alexanderplatz und bogen in die Prenzlauer Straße ein, um dann die Prenzlauer Allee nach Pankow zu fahren.

»Im Präsidium geht ein Schreiben um, dass die Leiter auffordert, die jüdischen Mitarbeiter zu benennen.«

»Ja?«

»Ich weiß nicht, wie ich mich verhalten soll?«

»Ich bin kein Jude.«

»Weiß ich. Aber da war so ein Kerl bei mir gewesen, der mir weiß machen wollte, dass Du doch Jude bist. Wegen Deiner Großeltern. Ich habe ihn rausgeschmissen.«

Epsteiner war blass geworden. Er erinnerte sich an den Tag, bevor sie 1932 nach Rügen abgereist waren. Müller war aufgestanden und legte ihm ein Buch auf den Schreibtisch. »Sollteste lesen.« Dann war er gegangen. Epsteiner zog das Buch zu sich heran. »Mein Kampf«, lautete der Titel, Autor, dieser Hitler. Epsteiner sträubten sich nicht nur die Nackenhaare. Als überzeugter Demokrat konnte er mit den Ansichten der Nazis nicht konform gehen. Sie wollten die Demokratie vernichten, war er sich sicher. Er selbst gehörte keiner politischen Partei an. Dazu fehlte ihm einfach die Zeit. Aber von Grundsatz her fühlte er sozialdemokratisch. Was aber werden sollte, wenn die NSDAP gewählt werden würde, davon hatte er keine Vorstellungen. Er hatte gehört und gelesen, war zu Propagandaveranstaltungen gegangen, und machte sich seine Gedanken. Offenbar stammten die Lesezeichen von Müller. Der Kommissar griff vorsichtig zwischen die Seiten des ersten Lesezeichens. Und was er da, schon nach den ersten Zeilen, las, jagte ihm einen Schauer den Rücken herunter. Er klappte das Buch zu, zögerte erst, doch dann steckte er es in seine Aktentasche. Er musste wissen, was dieser Hitler beabsichtigte und er musste mit Anna reden.

Heute jedoch wurde ihm klar, was dieser Hitler plante und wo es hinzielte, wenn auch noch nicht in aller Deutlichkeit. Er war ja nicht blind, sah und hörte, was in den Verwaltungen, in den Universitäten und auch bei ihnen in der Polizei vor sich ging. Der Fackelmarsch der SA durch das Brandenburger Tor, bei der er zufällig zugegen gewesen war, steckte ihm noch in den Gliedern. Es war ein Fanal! Und er spürte an und in Annas Arbeiten, obwohl sie nie davon sprach, eine Düsternis, die sich in ihren Bildern ausdrückte. Ihr Thema war jetzt Berlin. Nicht das Glänzende, das Schimmernde, sondern das arme, das arbeitende. Ihr ganzer Stil war hart, kalt, mit graden, glatten Strichen und Flächen, manchmal schrill und grell, dann dunkel und düster. Da waren Ströme von Arbeitern, die sich aus den Fabriken ergossen, mit stumpfen, müden Gesichtern, Autos, Panzer, Kriegsflugzeuge, Maschinen. Nachdenkliche Männer in der Kneipe, eine einsame Frau, die im Hinterhof Wäsche aufhängt. Häuser, grau, schmutzig, die sich einander zuneigten, wie wenn sie Schutz beieinander suchten oder einstürzten. Brücken, die ins Nirgendwo führten. Jetzt verstand er sie. Und Hollaender kaufte und verkaufte, die Museen und Kunstsammler rissen sich um Annas Gemälde. Es ging ihnen gut, aber sie sahen, was um sie herum geschah und es machte ihnen große Sorgen.

»Ich verstehe.« Es klang kleinlaut. Was sollte er machen? Ins Ausland gehen?

»Ich lasse Dich nach Bergen versetzen. Ihr zieht rüber nach Kloster, dort seid ihr einigermaßen unbeobachtet.« Was Mellert nicht wusste und auch nicht wissen konnte, war, dass die Hiddenseer beinahe mit fliegenden Fahnen zu den Nazis übergelaufen waren. Aber seltsam; zwischen Hiddensee und dem Festland lag das Wasser und die Hiddenseer, mögen sie gehofft und gedacht haben, was auch immer sie gehofft und gedacht hatten bei ihrer Wahl, die Insel blieb so etwas, wie ein Refugium mit eigenen Ansichten und Gesetzen.

»Ab und zu lässt Du Dich in Bergen sehen. Du bist sozusagen ZbV[5]. Zur Ermittlung abkommandiert in Sachen Serienmord auf Hiddensee.«

»Wann?«

»In den nächsten Tagen. Der Grund ist auch, dass ich dort oben einen ständigen Vertreter haben möchte. Gebbert weiß Bescheid und Gennat. Er macht mit.«

»Und Anna? Was soll ich ihr sagen?«

»Genau das und die Wahrheit.«

Epsteiner lehnte sich im Sitz zurück. Er war jetzt weiß wie eine Kalkwand. Was war nur mit der Welt los? Ein tiefer Seufzer entfuhr ihm. Die Zukunft war mit einem Mal so unsicher, ihre kleine Familie bedroht. Zum Glück besaßen sie noch Annas Haus. Zum Glück hatten sie es nicht verkauft, wie Anna erst wollte. Er liebte es. Den Ausblick auf die Wiesen, wenn Rinder und Schafe friedlich grasten, der Blick zum Hafen im Sommer, wenn die Tagesgäste einflogen und abends wieder verschwanden. Die Ruhe danach. Und die Künstler und Intellektuellengemeinde. Sie würden mit Sack und Pack umziehen. Und ihre Wohnung?

Hatte er es laut gedacht? Denn Mellert sagte: »Du musst sie untervermieten, möbliert. Hollaender hilft uns, er kennt einen Künstler.« Er bog in die Seitenstraße ein, hielt vor dem Haus.

»Soll ich mitkommen?«

---

[5] Zur besonderen Verwendung

»Auf ein Abendbier? Gerne.«
»Anna wird sich freuen.«

Langhans Kutter diente heute als Möbelwagen. Es war nicht viel, was Epsteiners mitnahmen; Es sollte nicht aussehen wie eine Flucht. Sie packten. Annas Malzeug und etliche unfertige Bilder, ihren Ohrensessel, die Bauhausmöbel. Kisten voller Bücher und Epsteiners Schallplattensammlung, dazu eine ganze Kiste voller Akten über die ›Hiddenseemorde‹, wie der aktuelle Fall genannt wurde. »Na, ziehen Sie um«, fragte sie eine Nachbarin. »Ja, in den Süden.«

Marie und ihre beiden Kinder waren mit von der Partie. Sie wollte dabei sein, wenn Annas Nachwuchs das Licht der Welt erblicken wollte.

Kaum waren sie eingerichtet, war der Inseldoktor der erste Besucher im Hause Epsteiner. »Ich hörte, Sie sind wieder auf der Insel, Fräulein Anna?« Er steckte den Kopf durch die Türspalte.

»*Frau Epsteiner*, bitte, Herr Doktor.«

»Waas? Herzlichen Glückwunsch! Frau Epsteiner.« Er lachte fröhlich, setzte sich auf den ersten besten Stuhl. »Ich freue mich ehrlich, Sie zu sehen. Wie geht es Ihnen?«

»Ich bin schwanger.«

»Nach genauerer Betrachtung erkenne ich das jetzt auch. Wollen Sie einen kleinen Hiddenseer bekommen?«

»Kann man so sagen, Herr Doktor.«

Schweigen setzt ein, bis Annama in Zimmer stürmte. »Tanta Anna …« Sie bremste gleichzeitig mit beiden Beinen und blieb vor dem Doktor stehen.

»Na, wer sind wir denn?«

»Annama Mellert, Onkel!«, verkündete die Kleine stolz.

Der Doktor sah irritiert auf.

»Anna-Maria. Auf Wunsch von Frau Mellert. Kurz Annama.«

Wieder lachte der Doktor. »Oha. Ich merke, dass ich schon lange keine Besuche mehr gemacht habe. Erzählen Sie, Frau Epsteiner!«

»Nennen Sie mich Anna, wie früher. Bitte.«

»Klar doch, gerne.« Der Doktor nahm Annama auf den Schoß und sah sich um. »Und der Herr Gatte?«

»Ist in Vitte, beim Inselpolizisten. Herrn Münchmann.«

»Tje, dor is schetz nen Annerer. Was ich sagen wollte, Frau – Anna …«

»Ja?«

»Seien Sie vorsichtig. Es gibt ein paar ganz verbissene Nazis auf der Insel.«

»Danke, ich werde es beachten.«

»Ja, und ihr Mann ...« Er sah Anna lange an. Plötzlich veränderte sich seine Haltung Nun war er wieder ganz Arzt. »Und nun erzählen Sie. Wie geht es Ihnen?«, und beugte sich neugierig vor.

Epsteiner war nach Plogshagen gegangen, nachdem alles ausgeladen und an seinem Platz war und sie zwei Tage geruht hatten. Er brauchte diesen Moment der Einsamkeit, um ungestört nachdenken zu können. Und so ging er nicht den Hauptweg, sondern den Weg auf den Dünen entlang. Rechts dümpelte die Ostsee, blau spiegelte sie den wolkenlosen Himmel wider. Am Ufer spielten Kinder mit dem Wasser und Sand, die Erwachsenen lagen in ihren Sandburgen und ruhten oder lasen. Zum Baden war das Wasser noch zu kalt. Aber die Sonne des April 1933 wärmte schon. Es war Epsteiner, als sei er in eine andere Zeit versetzt, eine frühere, eine friedfertigere. Eine Malerin stand vor ihrer Staffelei. Die Leinwand war schon bemalt, Kinder standen um sie herum und zeigten flüsternd, was sie sahen. Ein Hund sprang bellend um ein Pärchen, das Hand in Hand am Ufer entlanglief, Möwen kreisten kreischend über einen Mann in einem hellen Anzug, der ihnen Bröckchen zuwarf. Links stand hinter dem Strandgras und niedrigem Gebüsch, wilden Rosen und winzigen Weiden, die lange Reihe der alten reetgedeckten Häuser von Vitte. Am *Süderende* begannen die Neubauten; die der Zugereisten, Pensionen, Ferienunterkünfte und Restaurants. Der Eckturm des Hotels »Zur Ostsee« überragte die niedrigen Gebäude. Zwischen den Orten war freies Feld. Strandgras, Sand, Dünen, dazwischen die Straße nach Neuendorf. Die *Heiderose*, ein winziges Hotel erhob sich einsam im Niemandsland zwischen Vitte und Neuendorf. Der Blick ging hier frei über die Insel und über den Bodden nach Rügen hinüber. Epsteiner atmete auf. Hier war Frieden, hier war die Politik so fern, wie die Antarktis. Ein strahlendblauer, wolkenloser Himmel wölbte sich über die Insel der Glücklichen, die Insel der Stille und manchmal auch der Einsamkeit. In der Ferne, bei Neuendorf, waren eben die Fischer gelandet und zogen ihre Boote an Land. Ihre Frauen standen erwartungsvoll dabei. Sie hofften auf einen guten Fang in der Nacht.

Vor Epsteiners Abreise oder Flucht, wie immer man es sah, waren Mellert und er bei Direktor Gebbert gewesen. Epsteiner war erschrocken über den sorgenvollen Blick, den Gebbert im Gesicht trug. Ihm war, als sei sein Chef um Jahre gealtert. Was wusste Gebbert, von dem weder Mellert noch er wussten. Auf die diesbezügliche Frage winkte Gebbert ab. »Nichts weiß ich. Was denken Sie denn?« Er schnaufte und begann sofort von den ›Hiddenseemorden‹ zu reden: »Es ist zu viel Zeit vergangen. Kriminaldirektor Gennat hat angedroht, den Fall an sich zu ziehen. Ich konnte ihn überzeugen, dass Sie der richtige Mann sind. Aber nur an Ort und Stelle. Also beschäftigen Sie sich noch einmal intensiv mit den Akten. Es muss irgendwo da drinnen einen Hinweis geben. Suchen Sie, reisen Sie rum und fragen Sie. Ich will jede Woche einen Bericht. Denken Sie ja nicht, dass Sie da oben Urlaub machen können.« Gebbert lächelte dabei. Er war aufgestanden und legte Epsteiner eine Hand auf die Schulter. »In Bergen steht immer ein Dienstauto für Sie bereit. Also, ich wünsche Ihnen – und uns! – Erfolg. Sie müssen den Kerl finden! Und wenn Sie Unterstützung brauchen, rufen Sie mich an. Nur mich, verstanden?« Epsteiner verstand. Es sollten nicht zu viele von seiner Versetzung nach Hiddensee erfahren.

Inzwischen war Aaron in Neuendorf angekommen. Er überstieg die Düne und landete auf dem sandigen Weg nach Plogshagen. Hinter ihm wuchteten die Fischer ihren Fang auf Karren und schoben sie nach Hause. Sie schwatzten und lachten, offenbar hatten sie doch einen guten Fang gemacht. *Schön, wenn es mir auch gelänge*, dachte Epsteiner. Er stapfte über die Wiesen zu den Weiden am »*Schwarzen Peter*«, der Bucht, die die Hauptinsel vom Geller, dem südlichen Zipfel Hiddensees trennt, zu dem schmalen Stück Land, das den ständigen Angriffen der Ostsee widerstand, und über den man von Plogshagen aus dicht am Deich entlang hinüberwechseln konnte.

Auf halben Weg blieb er nachdenklich stehen und ging wieder zurück. Auf dem Feld hinter dem *Süderhaus* waren die Fundorte der Frauenleichen immer noch durch kleine

Fähnchen gekennzeichnet. Zu ihnen ging Epsteiner; einfach, um noch einmal das Gefühl für die Situation zu erneuern. Ein paar der Fähnchen waren verschwunden, doch der Kommissar erkannte jeden Platz wieder, blieb einen Moment stehen und prägte sich das Bild ein. Sand, trockenes, braunes Gras, Heidekräuter, winzige Sträucher. Hier und da eine Pfütze. Dazwischen die Spuren des Mörders: Die Grablegen der Opfer. Manchmal war es nur ein flacher Abdruck, eine leichte Vertiefung, dann wieder ein längliches Loch, in dem brackiges Wasser stand. Insgesamt vierzehn Stellen. Epsteiner drehte sich um seine Achse. Irgendwas war ihm aufgefallen, eine Regelmäßigkeit, etwas sich Wiederholendes. Und dann sah er es; Alle Grablegen waren von West nach Ost ausgerichtet. Er war wie elektrisiert. Was mag es zu bedeuten haben? Wieso legte der Täter die Opfer auf diese Weise ab? Gab es religiöse Gründe, irgendein völkisch-germanische Mumpitz? Eine Marotte oder wollte er nur provozieren. Eine Nachricht hinterlegen: ›*Hier, seht, ich bin's*‹. Er holte sein Notizbuch aus der Seitentasche, machte schnell Notizen, und setzte sich wieder in Bewegung. Aber diesmal hatte er es eilig und marschierte mit großen Schritten zur Straße nach Kloster, ohne nach rechts oder links zu sehen.

Anna lag auf dem Sofa und schlief. Aaron fand es nicht sehr bequem, es sah aber gut aus. Er holte eine Decke und legte sie über seine Frau. Es müsste bald so weit sein. Anna rechnet schon in Tagen. Epsteiner wollte sich in die Küche schleichen, als in seinem Rücken die Frage tönte: »Bringst Du mir auch was mit?«

»Klar. Aber nicht das, was ich trinke.« Er lugte um die Ecke. »Wasser?«

»Ja, bitte.« Anna verzog das Gesicht.

»Wie oft jetzt?«

»Zu oft.«

»Dann rufe ich den Doktor.« Anna schwieg. Er füllte schnell Wasser in ein Glas, griff sich die Hennessy Flasche und einen Schwenker. Das Glas reichte er an Anna weiter, Schwenker und Flasche stellte er auf den Tisch. »Ich geh dann mal.« Er drehte sich um und sah, wie Anna das Gesicht verzog. Ein Grund mehr, sich zu beeilen.

Der Doktor brauchte keine zehn Sekunden. Er schnappte sich seinen Hut, die große Doktortasche und Epsteiner. »Kommen Sie, beeilen wir uns.«

EIN HIDDENSEEKIND

Epsteiner wurde munter wegen eines Geräusches, das ihm unheimlich vorkam. Er schlug die Augen auf und sah sich um. Automatisch ging sein Blick zum Kalender. Fünfter April. Das war gestern. Er kauerte irgendwie im Sessel. Der Rücken schmerzte, die Beine, der Nacken – es gab keine Stelle, die nicht Schmerzen verursachte, wenn er sich bewegte. Also bewegte er sich erst einmal nicht, sondern wunderte sich darüber. *Wieso hocke ich im Sessel?*

»Kaffee?«, tönte die Stimme des Doktors aus der Küche. Und in diesem Moment wurde sich Epsteiner der vergangenen Stunden bewusst. Anna war niedergekommen – was für ein Wort! – und er in Ohnmacht gefallen. Und dann feierten sie Levke Epsteiner, seine Tochter, der Doktor und er, während Anna stillte und wenig später mit ihrer Tochter im Arm einschlief. Und das war also dieses Geräusch: eine hungrige nach Atzung schreiende Levke. Er stand auf, orientierte sich kurz und fand, trotz der Schmerzen im Körper und Kopf (verdammter Hennessy), den Weg zu Anna. Levke schwieg jetzt und nur das gierige Schmatzen der winzig kleinen Lippen war zu hören.

»Morgen, Langschläfer.«

Aaron sah auf die Armbanduhr. Schon zehn?! Er beugte sich herab, küsste Anna und strich seiner Tochter vorsichtig über das fingerlange schwarze seidige Haar. Jetzt waren sie eine richtige Familie! »Morgen, Frau Epsteiner. Haben Ihro Gnaden wohl geruht?«

»Meine Eine hätte gut geruht, wenn sie nicht Verpflichtungen hätte, von denen *Er* keine Ahnung hat. *Er*

Faulpelz.« Annas Stimmung war umgeschlagen, in dem Moment, als sie die Insel betrat. Noch auf Langhans Kutter saß sie still und in sich gekehrt am Süll. Epsteiner machte sich schon lange Sorgen, aber Anna sprach nicht über ihre Gefühle. Nur, dass sie seit dem November kaum noch malte. Sie blieb zwei Schritte hinter der Gangway stehen, hob die Arme, atmete tief durch: »Da bin ich, meine Insel.« Und seitdem malte Anna wieder.

Es duftete nach Kaffee. »Geh nur schon. Ich komme gleich nach. Wir müssen uns noch schön machen.« Sie sah stolz auf Levke. »Ich will eine Schrippe, gute Butter, Sanddornmarmelade und einen starken Kaffee«, verschwand mit Levke im Bad und hinterließ noch, *„Ich* habe zu tun!"*.

Der Doktor saß schon am gedeckten Tisch. Epsteiner zeigte mit dem Daumen über den Rücken. »Kaffee für eine – was denn eigentlich?«

»Ihre Frau ist nicht krank, Epsteiner, sondern glückliche Mutter. Gesunder und glücklicher kann keine Frau sein. Warum keinen Kaffee?«

»Was machen Sie überhaupt noch hier, Doktor?«

»Ich war genauso blau wie Sie, habe wunderbar am Küchentisch geschlafen«, er zeigte auf eine rote Druckstelle an der Stirn, »und kassiere jetzt mein Honorar.«

»Guten Appetit.« Anna setzte sich zu den Männern. Mit dem Kopf zeigte sie zum Schlafzimmer. »Levke schläft.« Dann stürzte sie sich mit dem Hunger eines Schwerarbeiters auf das Frühstück.

Sie saßen vor dem Haus. Eine milde Vormittagssonne schien auf sie hernieder. Aaron hielt stolz seine Tochter in den Armen, wiegte sie leicht hin und her, und studierte dabei die Protokolle der Spurenermittler.

»Da ist es!« Epsteiner hielt eine Zeichnung hoch, genauer, einen Plan aller Grablegen mit Randbemerkungen von Kommissar Keller, der auch die Ost-West-Ausrichtung der Ablagen festgestellt hatte. Nur eine winzige Randnotiz in Form einer Windrose. Aber niemanden weiter war es aufgefallen! Nur, was sollte es bedeuten. Keller schrieb noch dazu: Marotte oder Reue?

Reue, Verzeihung? Sollte der Mörder doch Schuldgefühle bekommen haben, nach der Tat? Aber was war in den Fällen der Verstümmelungen? Welchem Beruf ging der Mörder nach, in dem vielleicht die Himmelsrichtung von Bedeutung war? Hatte es damit zu tun, oder nur mit Aberglauben oder einer christlichen Bedeutung? Aaron grübelte, fand aber keine Lösung.

Levke weinte. »Stört es Dich?«, fragte Anna.

»Nein. In solchen Momenten spüre ich, dass ich lebe.« Er hielt die Karte mit den Gräbern und Ablagen hoch.

»Was ist das?«

Epsteiner erklärte Anna grob, um was es sich handelte.

Anna runzelte die Stirn, während sie Levke die Brust gab. »Mein Vater erzählte uns nach dem Zubettgehen gerne Märchen, bevor wir einschliefen. Es waren nicht immer nur ›Sternthaler‹ oder ›Schneeweißchen und Rosenrot‹. Papa kannte eine Menge germanischer und deutscher Sagen. Wir hatten in den Schränken viele Märchen- und Sagenbücher, in denen ich gerne gelesen hatte.«

»Je nun, und das bedeutet?«

»In vielen Glaubensrichtungen ist wichtig, in welche Richtung der teure Tote blickt. Nach christlicher Auffassung ist es die Richtung der Auferstehung am Tag des Jüngsten Gerichts, die Wiederkehr Jesu als Weltenrichter. Ähnlich ist es im Judentum. Es gab Religionen, die ihre Toten sitzend bestatten, sehr oft oder überhaupt mit dem Kopf, dem Gesicht oder dem Blick gen Sonnenaufgang - also nach Osten.«

»Hm. Die Richtung der Gräber und Ablagen war in West – Ost-Richtung. In welche Richtung aber lagen die Opfer?«

»Schau doch mal nach.«

Aaron sah in die Unterlagen. Er schüttelte den Kopf. »Ich werde Keller anrufen.« Epsteiner stand auf, reichte Levke an Anna weiter. Er reckte sich. Nur ein enger Kreis der Mordkommission kannte den Grund für Epsteiners Abkommandierung nach Hiddensee. Natürlich gehörte auch Keller dazu. Von ihm erfuhr Epsteiner, dass es tatsächlich so gewesen war; die Opfer lagen ausnahmslos mit dem Kopf gen Westen. »Und warum haben Sie das nicht ins Protokoll geschrieben«, fragte er.

»Irgendwie fand ich es nicht wichtig. Hat das irgendeine Bedeutung?«

»Kann sein. Ich habe da so ein …«

»… Gefühl. Ich, wir lernen noch.«

»Kann man wohl sagen.«

»Ich werde eine Ergänzung schreiben. Legen Sie es dann zu den Akten?«

»Mache ich.«

MAI 1933 - FLUCHTPLÄNE

Im folgenden Monat geschah nichts weiter Aufregendes. Epsteiner half in Bergen Inspektor Piper bei der Aufklärung mehrerer Gewalttaten, die im Sande verliefen, weil die Täter Mitglieder der SA waren. Es sei eine interne Angelegenheit, erklärte der Ortsgruppenleiter der SA in Bergen und kassierte die Ermittlungsunterlagen wortlos ein. Zu Pipers Entlastung gab er ihm ein Schreiben des Polizeichefs in Schwerin, der in diesem Falle die Zuständigkeit besaß. Epsteiner hielt sich zurück und beobachtete. Aber das Gefühl unmittelbarer Bedrohung nahm zu. Piper berichtete von Verhaftungen, bei denen Polizei und SA gemeinsam aktiv waren. Es ging vor allem gegen Sozialdemokraten, Kommunisten und Juden, die zum Bahnhof gebracht und aufs Festland deportiert wurden. Piper, selbst ehemaliger Sozialdemokrat, wie er Epsteiner gestand, gab zu, Angst zu haben, obwohl ihm Sulzheimer immer wieder seiner Unterstützung versicherte. So richtig durchschaubar war der Inspektor in Stralsund nicht, dachte Aaron. Sie wandten sich wieder dem Tagesgeschehen zu; Für Epsteiner war es der Massenmord an den Frauen um Anklam herum. Wieder auf der Insel erhielt Epsteiner einen Packen Aktenordner von der Spurensicherung sowie ein Schreiben von Gebbert.

Es waren umfangreiche Untersuchungsergebnisse, die die Spurenauswertung um die Grablegungen am Geller mit neuesten Methoden belegten. So glaubten die Ermittler, einige Frauen aus den Erdgräbern den Beschreibungen in den Vermisstenanzeigen zuordnen zu können. Anhand von Haarproben waren immerhin drei Frauen nunmehr dem

Namen nach bekannt. Epsteiner plante, in den nächsten Tagen die Angehörigen zu besuchen. Doch heute war Sonntag, und der Sonntag gehörte seiner Familie, gehörten Anna und Levke. Und während sie gemächlich zum Dornbusch hinaufgingen, ließ sich Aaron Gebberts Brief durch den Kopf gehen.

»Lieber Epsteiner«, schrieb Gebbert, »dieser Brief wurde Ihnen, wie Sie sicherlich schon bemerkt haben, vermittels eines Boten überbracht. Der Kollege ist verschwiegen und besitzt mein vollstes Vertrauen. Ich würde Ihre Intelligenz beleidigen, wenn ich Sie auf die gegenwärtige politische Situation aufmerksam machen müsste. Deshalb wird dieses Schreiben, das Sie bitte sofort nach dem Lesen verbrennen sollten, nur kurz und bündig sein. Es enthält einen guten Rat: Verlassen Sie Deutschland, und dies so schnell es geht. Obwohl noch nicht spruchreif, wird es so kommen, dass alle jüdischen Mitarbeiter und Beamten den Polizeidienst verlassen müssen. Nach meinen Informationen gehören Sie dazu, da ihre Großeltern Juden waren, ob nun praktizierende oder säkularisierte (Epsteiner dachte an ›Mein Kampf‹, in dem sich Hitler über die Juden auslässt), ist denen egal. Etwas ist in der Regierung im Gange. Gennat wird wohl diesbezüglich, ungeachtet seines hohen Ansehens hier und trotz seiner poltrigen Art, auch nichts ausrichten können. Sie wissen, dass ich Sie sehr schätze. Nochmals. Bitte verlassen Sie mit Ihrer Familie dieses Land. Was uns die Zukunft bringen wird, weiß ich nicht, ich hoffe, dass *DIES* bald ein Ende hat und wieder ›geordnete‹ Verhältnisse eintreten werden. In diesem Sinne, wünsche ich Ihnen, Ihrer Frau und der kleinen Levke, die kennenzulernen ich leider noch nicht das Vergnügen hatte, das Beste und verbleibe, als der Ihnen immer gewogene Gebbert.« Epsteiner schlug das Herz bis zum Halse. Gebbert hatte ein Postskriptum angefügt: »In den Untersuchungsunterlagen werden Sie eine besondere Akte finden. Bitte behandeln Sie diese vorrangig.« In dem Umschlag, in dem sich die bewussten Akten befinden sollten, fand Epsteiner, neben weiteren Protokollen und Untersuchungsergebnissen, zwei Pässe mit einem auf England ausgestellten Visa. Er zeigte Anna den Brief und die Pässe. Anna sah ihn lange an, es war Samstagabend, und schwieg.

Der Rotwein wurde warm und schal, während der Brief im Küchenherd verbrannte. Schweigend gingen sie zu Bett, schweigend standen sie am anderen Morgen auf, aßen ihr Frühstück, versorgten die putzmuntere Levke und machten sich auf den Weg zum Dornbusch.

Und erst hier oben, mit diesem Ausblick über die wunderschöne Insel, fanden sie die Sprache wieder.

»Wann?«, fragte Anna.

»Mellert hat noch einen handschriftlichen Zettel beigelegt. Er wird in der nächsten Woche herkommen und uns nach Hamburg bringen. Es ist einiges zu tun.« Sie gingen zum Leuchtturm. Und auf dem Rückweg, begannen sie zu planen.

MELLERTS BEDENKEN

Hollaender war verhaftet worden! Angeblich wegen Steuerhinterziehung. Auf der Fahrt nach Hamburg, Piper saß am Lenker, berichtete Mellert von dem Vorgang. Mit einer gewissen Schadenfreude erzählte er von der Enttäuschung der Kollegen, weil sie nicht fanden, was sie suchen sollten. Hollaender schien ein vorsichtiger Mann gewesen zu sein, denn es gab, außer den Verkaufsverträgen, ordentlichen Abrechnungen und entsprechenden Genehmigungen nichts, was ihn belasten könnte. Und vor allem wenig Verweise auf Anna und Marie. Nach drei Tagen ließ man ihn wieder frei. »Gestern erhielten wir ein Fernschreiben. Hollaender ist jetzt in der Schweiz.« Er drehte sich zu Anna, die Levke im Arm hielt, und Epsteiner um. »Und stellt euch vor: Die Valentino lebt jetzt auch da drüben.« Woher Mellert das wieder wusste, darüber wollte er nicht sprechen.

»Aber warum sollen wir nach England?«, fragte Anna leise.

»Hollaender wollte es so. Er wird euch wohl drüben kontaktieren.«

Sie schwiegen. Jeder war mit seinen Gedanken beschäftigt. Mellert, der bedauerte, dass er einen wertvollen Mitarbeiter und Freund verlor, Piper, der hoffte, nicht erwischt zu werden, denn die Fahrt nach Hamburg war mehr oder weniger illegal. Epsteiner hatte keine Vorstellungen, was er in England anfangen sollte. Allein die Aussicht, als Flüchtlinge um Almosen bitten zu müssen, war ihm suspekt. Und Anna fragte sich, ob sie in England auch malen konnte, und wenn ja, was? Und was aus Levkes Zukunft wird.

Der Abschied an den Landungsbrücken war still und tränenreich. Sogar Mellert stand das Wasser in den Augen. »Wir sehen uns wieder«, flüsterte er Anna ins Ohr. Dann schlug er Aaron kumpelhaft die rechte Hand auf die Schulter. »Du wirst es schaffen.« Er griff in die Seitentasche. »Geh zum Scotland Yard und überreiche Lieutenand Swartsburgh diesen Brief.« Er übergab ihn Epsteiner. »Der Leutnant ist ein alter Bekannter von Gebbert. Ausserdem kann er Deutsch. Und lerne Englisch!«

Piper schwieg. Er gab allen die Hand und verzog sich wieder ins Auto.

Die Pass- und Zollkontrolle verlief relativ lax. Die Epsteiners hatten nicht viel mitgenommen. Zwei Koffer und Annas Malkasten. Der Rest ihres bescheidenen Eigentums lagerte auf Hiddensee in Annas Haus.

»Was möchten Sie in England?« Der Posten sah erwartungsvoll Epsteiner an, der versuchte, die harmloseste Mine der Welt aufzusetzen. »Meine Frau hat eine Studienreise von ihrer Universität nach London erhalten. An die *University of Arts*. Eine große Ehre. Ich begleite sie, das ist doch selbstverständlich, oder?«

Der Posten nickte, tupfte seinen Stempel in das Stempelkissen und drückte den Ausreisenachweis in den Pass. *Auf Nimmerwiedersehen,* dachte Epsteiner und atmete erst auf, als sie von einem freundlichen Steward am Ende der Gangway empfangen wurden. »Mr. und Mrs. Epsteiner?« Er sah in einer Kladde nach. »Sie haben Kabine dreihundertvier. Bon Voyage.«

Zwei Stunden später dümpelte die Fähre über die Elbe in die Nordsee, mit Kurs Southampton. Es wurde dunkel, Nebel zog auf, und nur das Stampfen der Maschinen spürten

Epsteiners in ihrer Kabine auf dem Weg in eine ungewisse Zukunft.

JUNI 1933

Es klopfte. Mellert nahm die Füße vom Schreibtisch.
»Herein?« Schmittchen steckte den Kopf durch den Türspalt.
»Da will einer von den schwarzen Knaben was von Ihnen. Der Müller.«

Mellert seufzte. »Schicken Sie ihn rein.«

»Heil Hitler!« Müller war mit zwei Schritten in der Mitte des Zimmers gelandet und stand mit schräg erhobenem rechtem Arm stramm. Dann lockerte er sich und grinste Mellert unverschämt an.

»Tach‹ auch. Was gibt's, Herr Müller – was haben Sie eigentlich für einen Dienstgrad?«

»Scharführer, Mellert.«

Mellert legte wieder die Füße auf den Schreibtisch, was Müller mit einem Stirnrunzeln quittierte. Er sah sich um, langte nach einem Holzstuhl und setzte sich. »Wo steckt eigentlich ihr Spezi?«

»Wie meinen?«

»Na, dieser Jude, der Epsteiner?«

»Was geht Sie das an, Müller?«

»Die *Gestapa*[6] interessiert sich für den Juden. Ich bin hier, um ihn abzuholen.«

»Warum?«

---

[6] Geheimes Staatspolizeiamt. Von 1933 bis 1936, der Vorgänger der Gestapo

»Geheime Sache. Staatspolizeilich. Sie verstehen?«

»Nee.«

»Kann ich nicht drüber reden. Geheim, wie gesagt.«

»Hm.« Mellert war beunruhigt. »Da müssen Sie nach England, an den Scotland Yard.«

»Schmarrn. Was soll der Jude im Scotland Yard?«

»Es geht um den Serienmörder. Er soll, wie soll ich sagen – es ist ein Erfahrungsaustausch?«

»Quatsch!« Müller grinste ungläubig. »Wenn ich herauskriege, dass Sie ihn ins Ausland - und dass Sie ihre Finger drin hatten und der Gebbert ...«

Mellert sah Müller müde an. Er war immer noch einen Dienstrang höher als dieser Müller. Langsam stieg Wut in ihm auf. *Dieser Fatzke!* »Reden Sie keinen Stuss, Mann.« Mellert war langsam aufgestanden und Müller auch. »Nochmals zum Mitschreiben: Epsteiner ist wegen der Serienmorde im Norden in England.« Er legte eine Portion Hochmut in seine Stimme. »Und wie man weiß, haben die Tommys mehr Erfahrungen mit solchen Leuten, oder?«

Müller nickte. Das entsprach auch seinem Bild vom Erzfeind. Aber warum ausgerechnet bei den Tommys?

Mellert legte scheinbar freundlich den Arm um Müllers Schulter. »Ich sage Ihnen Bescheid, wenn er wieder zurück ist.« Und wesentlich lauter und sehr unfreundlich: »Und nun raus, Müller, ich habe noch ne Menge zu tun.« Mit verhaltener Wut ging Mellert an seinen Schreibtisch zurück. Er schätzte, dass er einen Puls von mindestens einhundertvierzig hatte. Mehrmals atmete er tief ein und aus. »Schmittchen!«

»Herr Inspektor?«

»Machen Sie sich bereit. Wir fahren morgen nach Anklam und ...«

»Eine Tote!« Fränzel stand im Türrahmen.

»Ja? Und?«

»Das gleiche Muster wie im vergangenen Jahr. Es geht wieder los.«

»Wo?«

»Hiddensee. Der Ortspolizist von Kloster rief weisungsgemäß an.«

»Gut.«

»Ja.« Fränzel nickte. »Ich habe mir erlaubt, unsere Leute zu alarmieren.«

»Sehr gut. Wir machen uns sofort auf den Weg.« Mellert war aufgesprungen. »Ich will den Kerl haben. Jetzt!«

Sie erreichten Neuendorf erst am späten Abend. Es dunkelte, weshalb sich die Männer beeilten, den Fundort aufzusuchen. Keller erlaubte Mellert mitzukommen, die anderen mussten warten. Der neue Inselpolizist erwartete sie. Er knallte mit den Hacken und vollführte einen zackigen Hitlergruß. »Heil Hitler!«

»N' Abend genügt«, murrte Mellert. Der Wachtmeister zuckte mit den Schultern.

»Wie heißen Sie?«

»Heisenberg, Heinz Heisenberg, Herr Inspektor.«

»Sie sind nicht von hier?«

»Von Rügen, Polchow.«

»Das liegt doch im Norden, nich?«

»Genau.«

»Na gut. Halten Sie hier weiterhin Wache. Keller, wir gehen.«

Mit großen Schritten stapften sie über die Wiese. Im Dämmerlicht zeichnete sich nach dreißig Schritten ein heller Fleck am Boden ab.

Keller kniete sich vor dem Leichnam nieder. Wie die früheren Opfer lag sie mit dem Kopf nach Westen (diesmal fiel es ihm auch auf) ausgerichtet, aber auf dem Bauch. Keller betrachtete sich das Opfer lange. Ab und zu drückte er mit dem behandschuhten Finger auf verschiedene Stellen des Körpers. Es blieben Vertiefungen. Auf der bläulich-weißen Haut zeichneten sich von den Unterschenkeln bis zur Schulter dunkle Flecken und Streifen ab. Besonders auf dem Rücken erkannte er tiefe, rechteckige verschorfte Wunden.

»Wie lange?«, fragte Mellert.

»Ein, zwei Tage.« Keller sah den Inspektor von unten an. »Sehen Sie hier: wieder Folter. Mit einem Werkzeug. Eine Zange oder so was.« Er griff der Toten an der rechten Schulter. »Können Sie mir bitte helfen?« Mellert legte beide Hände auf die Hüfte der Frau. »Bei drei. Eins, zwei, drei.«

Mellert würgte. Auf der Vorderseite war die Frau von Messerstichen regelrecht durchsiebt. Und das Schlimmste war; Sie besaß kein Gesicht mehr. »Verdammt, verdammt!«, fluchte Mellert durch die Zähne. Er war aufgestanden. Keller winkte seinen Leuten, zu kommen. Die übliche Routine der Spurenermittlung begann. Die Sachlichkeit und Umsicht beruhigte Mellert ein wenig. Keller stand neben ihm. »Diesmal hat der Mörder einen Fehler gemacht. Jetzt kriegen wir ihn.«

»Und, was macht Sie da so sicher, Herr Keller?«

»Er hat uns freundlicherweise eine Riesenspur hinterlassen. Sehen Sie?« Das Opfer lag, nicht wie bisher auf dem blanken Boden, sondern auf einem Tuch, einem Laken oder etwas Ähnlichem. Es war schmutzig, fleckig und blutbesudelt.

»Und was wollen Sie da finden?« Keller erklärte es dem Inspektor. Die Schmutzspuren und Flecken können zu Rückschlüssen auf einen bestimmten Ort führen. Das Blut musste von der Toten stammen, das war klar, aber es könnte auch sein, dass der Täter sich selbst verletzt hatte. »Und hier«, Keller hockte sich hin. »Das hier sieht aus, wie Sperma.« Vielleicht war noch die Blutgruppe zu ermitteln oder das Tuch gab selber Auskunft, woher es stammte. Damit wäre man dem Täter schon nähergekommen als jemals zuvor. Mellert brummte zufrieden. »Wie lange brauchen Sie?«

»Wir bringen alles zur Gerichtsmedizin nach Berlin. Die haben alles, was man braucht und sind die Besten. Drei Tage. Mindestens.«

»Berichten Sie mir jeden Tag.« Mellert war unsicher, ob er auf Rügen bleiben oder nach Berlin zurückreisen sollte. »Wir treffen uns in Kloster. Kommen Sie direkt in unser Haus, wenn Sie hier fertig sind.« Er brauchte noch Zeit für einen Plan.

Mellert schlug Gebbert am Telefon vor, mit einer reduzierten Truppe auszuharren. Erstens, um auf die Ergebnisse der gerichtsmedizinischen Untersuchung und der Spurenermittlung hier oben im Norden zu warten. Und zweitens, in Anklam eine umfangreiche Befragung zu beginnen. Er meinte, nein, er war sich sicher, jetzt den Täter im Dunstkreis der Tanzschule von Anklam finden zu können. »Bauchgefühl oder Intuition?«, fragte Gebbert. „Wie auch immer, schicken Sie Fränzel wieder nach Berlin«, forderte er. »Ich brauche ihn hier. Es gab ein paar Raubüberfälle mit tödlichem Ausgang. Ansonsten bin ich einverstanden.«

„Das geht nicht, Gebbert. Irgendjemanden muss doch was aufgefallen sein", meinte Mellert. „Eine bestimmte Person, die oft in der Nähe gesehen worden war, ein Herumsteher, ein Lieferant, ein Bekannter, Verwandter? Dazu brauche ich alle Leute!"

Gebbert sah es ein. »Dann machen Sie so weiter. Ich werde mit Kriminalrat Gennat reden. Aber lassen Sie sich nicht so viel Zeit!«

Den größten Teil des Sommers verbrachte Marie in Kloster. Ihr Malstil hatte sich wieder verändert. Die Leichtigkeit der zwanziger Jahre fehlte. Beinahe kubistisch erschienen jetzt ihre Landschaften. Aber immer lag etwas Dunkles, Düsteres, manchmal Ahnungsvolles in ihnen. In einem ihrer letzten Bilder erschien die Insel fremd, abweisend, der Leuchtturm umstürzend. Als Mellert sie fragte, warum, zuckte sie mit den Schultern. »Weil es so ist. Nichts ist mehr wahr. Warum gibt es so viel Böses und Schlimmes, warum nicht alle Tage Sonnenschein, Kinderlachen.«

Im nächsten Bild leuchtete Hiddensee, vom Dornbusch gesehen, wie ein Juwel einsam inmitten eines dunklen, stürmischen Meeres. Mellert begann zu ahnen, was Marie empfand; Eine düstere, unerklärliche Angst vor der Zukunft. Nur Annama und Paul brachten Freude ins Haus, und Maries Schülerinnen. Hollaender verkaufte Maries Bilder über die Schweiz vor allem nach Amerika. Offenbar fand man die schwere, düstere Kunst interessant. Und ein angeblich wichtiger Funktionär aus dem Kulturministerium in Berlin war bei ihnen zu Besuch gewesen. Er betrachtete lange

Maries Bilder. »Hm, hm. Naja.« Und die Stirn gerunzelt. Dann lange über nationalsozialistische Kunst geschwafelt und dabei Maries Bilder als ›entartet‹ bezeichnet. Das, was sie tue, sei nicht mit der heroischen Zeit, in der sie lebten, zu vereinbaren, und sie solle sich überlegen, ob … Er ließ aus, was. Nur, dass er einige Beispiele nannte, wo man bekannte Künstler wegen ihres Malstiles oder rassischen Zugehörigkeit aus der Akademie entlassen hätte. Sie sei doch keine Jüdin, oder? Ah! Schöne Grüße von Herrn Goebbels, einem Bewunderer ihrer früheren Werke.

Sie kenne Goebbels weder persönlich, noch wolle sie Bekanntschaft mit dem Herrn machen, sagte Marie. Sie warf den Mann aus ihrem Atelier und nur Mellerts Position rettete sie vor dem Zorn des Mannes. Gebbert fing wieder einmal alles ab, was Mellerts schaden könnte, obwohl er dabei fluchte, wie ein Bierkutscher.

Was Marie aber am meisten bedauerte, war das Fehlen von Anna. Trotzdem sie sich mit den eifrig auf Hiddensee ausharrender Malerkolleginnen so oft es ging traf, vermisste sie ihre Freundin schmerzlich. Am liebsten würde sie wie Anna nach England ausreisen, gestand sie Mellert.

»Ich auch«, brummte er und sah sie hilflos an. »Machen wir, wenn ich den Kerl habe, ja?« Es war nicht ganz ernst gemeint. Oder doch?

Am anderen Morgen. Epsteiner hatte einen Brief geschickt, der weihevoll von Postmann Friesig an Marie übergeben wurde. »Ein Brief aus England«, flüsterte Herr Friesig bedeutungsvoll und erhielt ein Trinkgeld.

»Liebe Mellerts«, las Marie beim Frühstück vor. Sie griff nach dem Umschlag und sah auf den Poststempel. »Ist schon eine Zeit lang unterwegs.«

»Naja. Hat sich halt wer dafür interessiert, was drinsteht, weißt Du?« Er erhielt einen nachdenklichen Blick von Marie. »So ist das heutzutage«, ergänzte Mellert scheinbar ungerührt.

»So ist das heutzutage«, wiederholte Marie und schüttelte den Kopf. Sie trug die Haare wieder lang und lockig. Dann holte sie tief Luft. »England ist schon ein seltsames Land. Nicht nur, dass man hier links fährt. Es gibt zahlreiche Exzentriker, ein Stoff, auf den Anna schwört. Man findet sie in London zuhauf. Sie hat schon so viele Porträts gemalt, dass unsere kleine Wohnung völlig zugestellt und gehangen ist. Aber, Gott sei Dank, geht morgen eine große Sendung in die Schweiz.« Marie sah erfreut auf. »Da schau her!«, sagte sie mit einem Seitenblick zu Mellert. Der zuckte mit den Schultern. »Levke weint schon auf Englisch, sie kann es besser, als wir sprechen. Ja, und die Kollegen beim SY sind sehr nett. Jetzt schauen sie schon nicht mehr so schräg und haben eine Menge Informationen für mich, respektive Dich, parat. Wir sollen Fingerabdrücke und Haarproben genauestens untersuchen lassen. Überdies kochen die hier auch nur mit Wasser. Einiges werde ich Dir nach Deutschland schicken. Sie haben neue Untersuchungsmethoden entwickelt, die wir auch anwenden sollten.

Die Entwicklung in Deutschland wird hierzulande recht genau beobachtet. Man fragt mich so einiges, aber es gelingt mir, neutral zu bleiben. Ich bin hier nur Gast (eine abgesprochene Formulierung, um die mitlesende *Gestapa* zu beruhigen) und werde bald nach Hause

kommen.« Epsteiner erging sich noch in der Beschreibung Londons, was ihm dort gefalle, und was nicht.

Am Ende des Briefes prangten ein Händeabdruck von Levke und eine kunstvolle Kalligrafie, die Annas Namen darstellte.

»P.S. (Annas Schrift) Was macht Marie? Malt sie wieder fleißig? Ist es richtig, dass die Amis kaufen, wie verrückt? Ich habe eine Einladung nach New York. Bleibt gesund, Ihr Lieben. Anna, Aaron«

»Sie wollen also rüber nach Amerika«, stellte Marie fest. Es klang Enttäuschung mit und Sorge.

»Es ist das Beste, was sie tun können.«

»Beschreiben Sie uns den Mann, Frau Friese.« Mellerts Herz hämmerte. War das der Durchbruch? Nach zwei Wochen Klinkenputzen?

»Tje, nun, dat iss een großee, dickee Mann gewesen, nich.« *Große, dicke Männer gibt es zuhauf,* dachte Mellert. »Vielleicht ist Ihnen etwas aufgefallen? Eine Narbe, die Hautfarbe. Besaß er eine Glatze?«

»Jooh. Also ne Glatze, hat ihm gehabt, nich? So eene, wie die Mönche –«

»Eine Halbglatze, ja?«

»Jooh, genau.«

»Kein Hut?«

»Nee. Dee hat keen Hut nich getroagen. Aber dat Schakett war grau. Son grober S-toff, nich? Und Manschasterhosen hatter getragen und S-tiefel. Solche Soldatenstiefel.«

»Und das Gesicht?« Mellert wurde ungeduldig. Er wünschte sich Epsteiner her, der viel geduldiger war.

»Son dickes, nich. Mit soner roten runden Noase. Ganz roat ist die gewesen.« Frau Friese runzelte die Stirn vor Anstrengung. »Ach scha! De hat ne Aktentasche inne Hände hatta gehalten. Jaja. Und immer ann de Ecke hat ihm ges-tanden, nüch?«

»Und dann?«

Frau Friese zog die Schultern hoch. »Nix. Rumges-tanden hat eh und geglotzt.«

Mellert lehnte sich enttäuscht zurück. Wie sollte er sich aus solch einer Beschreibung ein Bild machen? Fleischer

Kunst in Wilmersdorf sah auch so aus: Wohlgenährt, dickes Gesicht, rote Nase, alles stimmte überein. Ich habe meinen Mörder, dachte er launig. Fleischer Kunst ist es! Er schüttelte den Kopf. Wenn der Mörder so ausgesehen hatte, dann sind die Frauen und Mädchen ganz sicher *nicht freiwillig* mitgegangen. Er drehte sich zu Schmittchen um. »Sie haben mitgehört und -geschrieben, Schmittchen?«

»Sicher, Herr Inspektor.«

Mellert erhob sich vom Tisch. Sie belegten seit drei Tagen eine Ecke im Restaurant des Hotels, um ungestört und unauffällig die Nachbarn der Tanzschule zu befragen. Doch niemand, bis auf Frau Friese hatte bisher auch nur das Geringste bemerkt. Der Klassiker! Und so recht glauben konnte Mellert nicht daran – und Schmittchen wohl auch nicht, wenn er dessen zweifelnde Miene sah.

»Danke, Frau Friese. Sie haben uns sehr geholfen. Herr Schmittchen wird Sie nach draußen geleiten.«

»Tscha, nun, dann man guden Tach, nich, Herr Inspektor.« Frau Friese vollführte einen altmodischen Knicks.

»Und nun?«, fragte Schmittchen, als er wieder zurück war und saß.

»Wie hieß der Kerl, den uns die Kunzels genannt hatten?« Mellert schien eine Eingebung zu haben. Schmittchen blätterte hektisch in den Ordnern. »Anklam, Anklam«, murmelte er. »Ah, hier! Tanzschule Kunzel, Anklam. Herr und Frau Kunzel.« Er fuhr mit dem Finger auf dem Protokoll herum. »Hier steht: dass im Zusammenhang mit dem Ausbleiben der Frederike Klauser von den Tanzstunden, auch ein gewisser Friedrich oder Friderikus ebenfalls den Stunden fernblieb.«

»Geht es etwas genauer?«

»Nee.«

»Aber wir haben doch alle männlichen Eleven nach ihrem Alibi befragt, oder?«

Schmittchen blätterte wieder. »Ja, aber keinen Friedrich, keinen Friderikus.«

»Mist! Wie konnte das passieren?«

Schmittchen zog die Schultern bis an die Ohren. »Vielleicht stand er nicht auf der Liste.« Er sah noch einmal nach. »Hier drauf jedenfalls nicht.« Er hielt die Namensliste der Tanzschule in die Höhe.

Mellert sprang auf. »Kommen Sie, Schmittchen.«

Aus dem Saal tönte Musik. Ein Walzer. So viel erkannte Mellert immerhin und schimpfte sich innerlich Kunstbanause. Er wartete nicht auf eine Pause, sondern öffnete die Tür und blieb im Rahmen stehen. Sofort drehten sich alle Köpfe zu den beiden Kriminalisten, der Tanz war unterbrochen. Herr Kunzel hob den Tonarm vom Plattenspieler, vertat sich ein wenig und zog einen netten Kratzer über die halbe Schellackplatte.

»Sie schon wieder?«

»Nu, wir haben Sie fast ein Jahr in Ruhe gelassen.«

»Feierabend, Kinder, verkündete Frau Kunzel. Geht nach Hause.«

»Moment. Alle, außer den Mädchen! Die bleiben noch!«, befahl Mellert, »Und natürlich auch Sie, Herr und Frau Kunzel.«

»Bitte.« Frau Kunzel schien pikiert. Die damaligen Besuche Mellerts in der Tanzschule verursachten einen Knick im Geschäft des Unternehmens. Doch, Gott sei Dank, die Anklamer beruhigten sich wieder. Und nun wiederholt Polizei bei ihnen! Was soll daraus werden?

Die Kriminalisten warteten, bis die jungen Männer, und zwei ältere um die Vierzig, verschwunden waren. »So, meine Damen. Ich benötige eine Auskunft.« Die Mädchen sahen sich an. Es waren durchweg neue Gesichter, aber der Inspektor hoffte dennoch, etwas Brauchbares zu hören. Irgendetwas. Oder er musste die Elevenliste vom Sommer 1932 durcharbeiten.

»Nun, wir suchen einen Herrn Friderikus oder Friedrich.« Er sah sich zu Kunzel um. »Ist was, Herr Kunzel?«

»N-nein.«

Da die Mädchen schwiegen, wollte Mellert zu einer Erklärung ansetzen, doch Kunzel fuhr dazwischen. »Dieser Friedrich, Herr - äh …«

»Mellert, Inspektor, Mellert.«

»Ja, Herr Inspektor. Dieser Friedrich. Das ist ein Spitzname.«

»Ah, ja?«

»Es handelt ich um Herrn Thieße, Herbert Thieße. Den Spitznamen hatte er bekommen, weil er wie der junge Alte Fritz aussieht. Nicht wahr, Elfriede?«

»Ja. Die Mädchen waren immer ganz hin und weg, wenn er auf dem Parkett war.« Frau Kunzel nickt heftig mit roten Wangen. Mellert bekam einen Druck in die Magengegend. Warum war ihm das nicht gleich zu Beginn der Ermittlungen aufgefallen? Und warum hatten sie nicht sofort nachgehakt? Dieser Herbert Thieße war höchst suspekt. Und da war etwas mit Frau Kunzel. Er sollte allein mit ihr sprechen.

»Wissen Sie, wo der Herr Thieße wohnt?«

»Ich sehe mal nach«, erbot sich Herr Kunzel. »Bin gleich wieder da.« Er verschwand.

»Was ist mit Herrn Thieße, Frau Kunzel?«, fragte Mellert, als ihr Mann außer Hörweite war.

»Ich weiß nicht, was Sie meinen, Herr …«

»Ich meine, hatten Sie was mit ihm?«

Die Kunzel wurde über und über rot. »Was denken Sie denn von mir? Ich bin eine anständige Frau!«

»Da bin ich mir sicher, Frau Kunzel.« Mellert sah sie streng an, so streng, wie er es vermochte. *Naja, Provinz. Da mussten die Frauen verdammt vorsichtig sein.* »Nu mal Tacheles. War da was? Wenn ich das weiß, kann ich Sie schützen, verstehen Sie?«

Frau Kunzel nickte. »Nur ganz kurz«, flüsterte sie, »Und es war nichts Sexuelles.«

»Verstehe.«

Kunzel kam eben zurück. Der blickte misstrauisch seine Frau an, die immer noch einen hochroten Kopf hatte. »Is was?«

»Nichts, Herr Kunzel. Nun? Haben Sie die Adresse?«

»Nein. Komisch.«

»Wie lange war denn Herr Thieße in der Schule?«

»Nur kurz, Herr Inspektor«, fiel Frau Kunzel ein. »Drei-, viermal?« Sie sah zu ihrem Mann.

»Kann sein. Haben wohl übersehen, ihm eine Rechnung zu stellen.« Im Kopf rechnet er bestimmt den Verlust nach, der zu beklagen war. Und Mellert ahnte, dass mehr als nur eine Affäre dahintersteckte. Er musste anders vorgehen. »Gut, wir wollen Sie nicht länger aufhalten. Kommen Sie bitte morgen in den ›Goldenen Hirschen‹. Um zehn?« Damit wandte er sich ab von dem Paar, das er mit offenen Mündern stehen ließ.

»Kriegen Sie raus, wo der Kerl wohnt, Schmittchen«, murrte der Inspektor, »Und machen Sie schnell.« Es wird eine hohe Telefonrechnung werden, das wusste Mellert, aber das war ihm egal.

Während Schmittchen in die Inspektion Anklam ging, reiste Mellert wieder nach Bergen, wo ihn die nächste Horrornachricht erwartete. Piper stand schon in der Tür zu seinem Büro. Mit dem Kopf zeigte er in Richtung Westen, nach Hiddensee, und ehe er es aussprechen konnte, sagte es Mellert: »Wieder eine Leiche!«

HINTER DEM DEICH

Vielleicht war es ein Fehler gewesen, das Feld vor dem *Schwarzen Peter* unbeobachtet zu lassen. Vielleicht hätte er jemanden abkommandieren sollen. Vielleicht hätten sie ihn dann erwischt? Vielleicht? Hätte, hätte, Fahrradkette! Es wäre so gekommen: der Mörder wäre nicht mehr erschienen. Weil er gemerkt hätte, dass etwas nicht stimmt. So einfach! So einfach? Nichts, aber auch gar nichts war einfach an diesem Fall! Es waren zu viele Unwägbarkeiten, zu viele vielleicht, zu viele hätte, könnte, würde. Nirgendwo auf dem flachen Land hinter Plogshagen und auf dem *Gellen* konnte sich jemand verstecken oder unauffällig das Terrain beobachten. Eventuell vom Süderhaus aus? Nein, es lag zu weit weg. Vom Ufer oder Deich? Vom Schaproder Bodden kommend fuhr man mit einem flachen Beiboot in den Schwarzen Peter hinein, wartete, bis es richtig finster war – und fertig! Es war ja alles voller Schilf!

Der Inspektor ging unruhig auf und ab. Von hier oben, von den Dünen blickte er nach Westen auf die Wiese vor dem leeren Strand. Im Osten das *Feld der Gräber,* wie es nunmehr genannt wurde und das durch Wachtmeister Heisenberg weiträumig abgesperrt war, bis zum Süderhaus,. Gute Arbeit. Zwei Polizisten aus Rügen standen ihm bei und hielten die Neugierigen zurück. Auch die Presse war anwesend, hielt sich seltsamerweise aber sehr zurück. Piper meinte nur trocken, dass diese Morde den Nazis nicht gefielen. Sie passten nicht in diesen ganzen völkischen Klumpatsch. Nur »Der Stürmer«, ein wahrhaft ekelerregendes Schmuddelblatt, tobte wie üblich und schob die ganze Schuld den jüdisch-bolschewistischen Untermenschen zu, weil es ja einem wahren, reinen, arischen Deutschen nie in den Sinn käme, harmlose deutsche Frauen und Mädchen zu vergewaltigen und zu töten. Da wussten viele noch nicht, was in den Kellern der *Gestapa* und in den Konzentrationslagern vor sich ging.

Piper rührte sich nicht von der Stelle. Mit zusammengekniffenen Lippen sah er Keller und Herger Hundert Meter weiter bei ihrer unangenehmen Arbeit zu, die vorsichtig um den Leichenfund herumgingen. Wie schon das vorherigen Opfer, lag die Tote auf dem Bauch, unter sich eine graue blutbeschmierte Plane. Eine Persenning, wie Keller festgestellt hatte. Piper konnte den Blick nicht von der Leiche wenden. Er versuchte sich vorzustellen, wie der Mörder die Frau an diese Stelle geschleppt hatte. Gut, sie konnte nicht mehr als knapp fünfzig Kilo gewogen haben. Sie war schlank, ihr Körper wohlgeformt – wie bei den anderen Toten. Wurde sie mit einem Schiff oder Boot und dann auf den Armen vom Boddenufer bis hierhergetragen? Der Schwarze Peter war flach und schlammig. Wie hat der das nur geschafft? Oder hat er sie mit einer Handkarre von einem Anlegesteg hierhergeschleppt? Der Boden speicherte Spuren nur kurz, dann verschwanden sie auf Nimmerwiedersehen. Was ging dabei dem Täter durch den Kopf. Bereute er seine Tat? Wohl nicht, denn sie wurde abgelegt, wie eine Trophäe. Oder ein Zeichen: Seht her, ich bin's! Oder – da bin ich wieder! Und die Persönlichkeit, ihre Identität hatte er ihr auch genommen.

»Piper!«

Der Kommissar schreckte aus seinen Gedanken. »Herr Mellert?«

»Fragen Sie sich nicht manchmal auch, warum zwischen den Fällen im vergangenen Jahr und diesen jetzt, eine Pause lag?«

Piper überlegte. »Nein, komischerweise nicht direkt. Aber, da Sie so fragen …«

»Was könnte der Grund gewesen sein?«

»Nun, wenn es derselbe Täter war, dann …« Er dachte nach. Was könnte es für Gründe geben? In der Regel steigerte sich ein Serienmörder mit der Zeit mit seinen Taten. Sie werden grausamer und der Zeitraum dazwischen immer kürzer. Eine Unterbrechung in der Tatausübung war gewiss nicht freiwillig, sondern erzwungen. »Er war im Knast!«

Mellert tippte Piper mit dem Zeigefinger auf die Brust. »Genau! Das ist es!«

Piper war aus seiner Lethargie, seiner Mutlosigkeit erwacht. »Dann werde ich mal herumtelefonieren.«

»Tun Sie das. Und rufen Sie sicherheitshalber auch in den Krankenhäusern an. Ich warte, bis die Spurensicherung hier fertig ist. Danke, Piper.« Es sah seinem Kollegen hinterher, bis dieser verschwunden war.

»Inspektor Mellert?«

»Ja, Herger?«

»Wie das letzte Mal. Verdammt!«

»In Ordnung. Ich warte auf Ihren Vorbericht. Sie finden mich in Kloster.« Mellert sah noch einmal über das Feld, dann folgte er Piper.

Marie stand an der Staffelei, als Mellert ins Atelier kam. Er sah Maries fragenden Blick und schüttelte sofort den Kopf. »Nicht jetzt.« Mellert umarmte seine Frau.

»Nicht so fest, Grobian«, lächelte sie.

»Entschuldige. Was machen Annama und Paul?«

»Sie sind im Garten.«

Jetzt hörte er die hellen Kinderstimmen. Sie stritten über eine der vielen Kleinigkeiten, über die Kinder streiten können. Mellert grinste, zeigte mit dem Daumen nach draußen. »Dann werde ich die Streithähne mal beruhigen.«

»Ich komme mit.« Arm in Arm gingen sie in den Garten. Der Streit schien beendet, eine Einigung herbeigeführt zu sein, denn sie sahen die Kinder ruhig mit ihren Spielsachen spielen.

»Sieh mal.« Marie lächelte mild und Mellert griente über beide Backen: Annama lag auf dem Bauch und ließ ein Modellauto vor sich hin und her fahren. »Bremm, bremm!«, machte sie, währenddessen Paul Annamas Puppe die Haare zauste. »Siehst Du«, flüsterte Marie, »Du musst nur drohen, zu kommen.«

»Mamma, Papa!« Beide Kinder sprangen gleichzeitig auf und klammerten sich an Mellerts Beinen fest. Der Inspektor bückte sich und hob, jedes auf einem Arm, hoch. Er gab ihnen Küsse auf Wange und Stirn. »Manchmal fürchte ich, dass ich zuviel arbeite. Die beiden sind mir jedes Mal wie neu.«

»Es sind Kinder, sie verändern sich jeden Tag.«

»Trotzdem.« Er drückte beide fest an sich und genoss die zarten Streicheinheiten seiner Kinder. Er machte eine Runde durch den kleinen Garten und unterhielt sich leise mit seinen Sprösslingen.

»Abendessen!«, verkündete Marie. »Los, ab mit euch ins Haus – und Hände waschen nicht vergessen.« Mellert stellte seine Racker auf den Boden. »Hopp!« Paul trippelt unbeholfen wie ein betrunkener Matrose seiner Schwester hinterher. Mellert war stolz, dass der Kleine schon laufen konnte. Zwischendurch fiel Paul hin, rappelte sich umständlich auf und lief mit gespreizten Fingern hinter seiner Schwester her. »Annana!«

Bei Tisch schwatzte Annama über ihr großes Abenteuer am Strand. Das Größte für Annama war das Bad in der Ostsee. »Da waren gaanz große Wellen. Die haben mich umgeworfen! Und der Paul«, Annama japte vor Aufregung, »Und der Paul, der ist auch umgefallen und hat geheult!«

»Du nicht?«

»Ich bin ja schon groß! Und – und – morgen gehen wir wieder baden!«

»Aber vorher«, sagte Mellert, »wird gegessen! Und dann gehen wir schlafen.«

Annama nickte ernst. »Der Paul aber auch.«

»Natürlich. Der Paul auch.«

Es klopfte. »Das wird Piper sein.« Der Inspektor stand seufzend auf. »Ich hatte ihm gesagt, dass er sich melden soll«, entschuldigte er sich bei Marie.

»Macht doch nichts. Frage ihn, ob er Abendbrot mit uns essen möchte.«

Piper blieb, aß Abendbrot mit den Mellerts und berichtete: »Nichts. Keiner kennt einen Thieße, der im Knast gesessen war. Und in den einschlägigen Krankenhäusern war er auch nicht. Ist auch ein Allerweltsname, hier oben im Norden.«

Sie schwiegen. Mellert dachte an Anna, die die Gesichter der Mantelbande so schön gezeichnet hatte. »Kannst Du das auch? Ein Gesicht nach einer Beschreibung zeichnen?« Es sah Marie an.

»Ich kann es versuchen.«

»Dann fahren wir nach Anklam und reden mit den Kunzels.«

»Na gut, überredet«, sagte Marie«, »Gleich mit dem ersten Dampfer nach Stralsund. Danach fahren wir zurück. Morgen soll wunderbares Wetter werden. Die Kinder freuen sich schon so sehr.«

Das Bild war gelungen. Frau Kunzel erkannte Thieße sofort. „Ja, das ist er! Genauso! Manchmal hatte er solch einen grausamen Zug in den Mundwinkeln."

Mellert dachte sich seinen Teil und ließ Fotokopien anfertigen.

„Schicken sie die Fotos an alle Inspektionen und Reviere im nördlichen Raum sowie ins Polizeipräsidium in Berlin", befahl er dem Reviervorsteher in Anklam. Marie war mit den Kindern sofort zur Insel zurückgefahren. Erst mit dem Zug, dann mit dem Inseldampfer von Stralsund aus nach Kloster. Für die Kinder war es ein spannender Vormittag gewesen, und als sie endlich am Strand waren, schliefen beide in der Sonne ein.

Gebbert drängte, Gennat drängte, und der Innenminister drängte, und wer weiß noch. Der zweite Mord des Jahres hatte die Oberen aufgeschreckt. Man sah die ganze Sache politisch und drohte damit, die *Gestapa* einzuschalten. Alles konnte Mellert vertragen, nur nicht, wenn sich die Geheimdienste einmischten. Für ihn war es Mord, wie jeder andere Mord – nicht zu akzeptieren. Und in diesem besonderen Fall musste dem Täter endlich das Handwerk gelegt werden. Sie waren schon dicht an ihm dran. Sein Bauchgefühl sagte ihm, dass es nicht mehr lange dauern konnte. Entweder klärte sich alles auf, oder sie mussten auf Kommissar Zufall hoffen. Mit dem letzten Dampfer des Tages erreichte auch er Kloster und setzte sich beim Inselpolizisten telefonisch mit Gebbert in Verbindung. Danach schlich er geschafft nach Hause, gab seinen Kindern einen Gute-Nacht-Kuss und war bereit, sofort einzuschlafen. Doch Marie hielt ihn munter und erzählte von ihrer Reise zurück von Anklam nach Kloster. Und wie lieb die Kinder gewesen waren.

Mellert lag mit ausgestreckten Beinen halb im Sessel. Er hörte schläfrig zu, nickte und brummte zustimmend und war immer noch bei der Arbeit. Er rekapitulierte: Was haben wir? Einen Namen und ein Gesicht. Fränzel arbeitete sich in Berlin durch die Verbrecherkartei und hoffte auf etwas Bekanntes. Die Spurenlage war schon viel besser als noch 1932. Bei Fränzels Gründlichkeit konnte das schon ein wenig dauern, aber Mellert hatte großes Vertrauen in den Kollegen. Die Spusi lieferte ihren Bericht pünktlich ab, es war ein mehrere Hundert Seiten umfassendes Werk und lag neben ihm auf dem Rauchtisch, den Mellert als solches gar nicht brauchte. Zusammengefasst: Das Laken, auf dem die vorletzte Tote abgelegt und zum Teil eingewickelt worden war, eine Hermine Meierhof aus Bayern und zu Besuch bei ihren Verwandten in Anklam, stammte aus dem Bestand des Militärs. Schon sehr alt. Die Wäschezeichen darauf deuteten auf eine Grenadierkaserne in Pasewalk hin. Die Blutspuren waren vom Opfer, aber auf dem Laken fanden sich neben Schwerölspuren und Schmiermitteln auch Kalkstaub und Mehl sowie Speichel und Haare von einer oder mehreren fremden Personen. Es waren sowohl Kopf- und Körperhaare und eine Menge Schamhaare mit Läusenissen und Spermaspuren (Mellert schüttelte sich beim Lesen. Was die Spusi aber auch alles findet!). Die Frau war, wie alle Opfer schwer missbraucht worden. Post mortem, genau wie die Vernichtung des Gesichtes. Folterungen mit einer Zange oder einem ähnlichen Werkzeug sowie Schläge mit einem stumpfen Gegenstand erfolgten pre mortem, sicher, um sich an der Angst und den Schmerzen des Opfers zu weiden. Die die Messerstiche im ganzen Torso, die nur bedingt tödlich waren, erfolgten pre mortem. Wirklich tödlich war der ganze Cocktail an äußeren und inneren Verletzungen, durch schwere Schläge mit einem stumpfen Gegenstand auf den Ober- und Unterkörper, und letztendlich infolge inneren Verblutens. Das Opfer, wie auch all die vorhergehenden, muss furchtbare Schmerzen erfahren haben. Das las sich zwar in den Untersuchungsprotokollen sachlich und kühl, beinahe emotionslos, doch Mellert bekam eine Gänsehaut davon. *Die armen Mädchen*, dachte er. Der Täter hatte sie an Handgelenken, Armen, Unterschenkeln und Fußgelenken fest mit einem groben Hanfseil gefesselt. Spuren von Hanffasern fanden sich in den Verletzungen an den entsprechenden Stellen. Offenbar wurden sie an den Armen und/oder Füßen aufgehangen. Die Verstümmelung könnte möglicherweise am liegenden Opfer vorgenommen worden sein. Die Vernichtung des Gesichtes führten die Ermittler darauf zurück, dass der Täter nicht etwa die Wiedererkennung verhindern wollte, sondern sie meinten, es wäre eine weitere, höhere Stufe der Bestrafung, ähnlich den beiden letzten Morden 1932, wo ja bekanntlich Hände und Füße abgetrennt wurden. Ein Psychologe, der hinzugezogen worden war, meinte, es ginge dem Täter nur um eine intensivere, tiefe sexuellen Befriedigung, einem Rausch, beim oder nach dem Töten. Er wolle seine Opfer gewissermaßen erniedrigen, und ihrer Identität berauben, indem er ihnen das Gesicht entfernte und anschließend das Opfer der Öffentlichkeit, respektive der Polizei, präsentieren. Seht her, hier, das bin ich!

Eine Wandlung habe stattgefunden; von einem Serienmörder mit gewissen asozialen und sexuell-sadistischen Zügen zu einem vollständigen Soziopathen. Mellert seufzte. *Das, was ich schon immer dachte. Aber warum Frauen?*

Keller schrieb noch in einem Nachsatz, dass sich der Täter in einem asozialen[7] Umfeld bewegen müsse, worauf die vielerorts an den Opfern und Gegenständen anhaftenden Schmutz- und Ungezieferspuren hinwiesen. Zum Beispiel in einem Obdachlosenheim, »gewissen« billigen Häusern oder unter der Brücke.

Da besaß Mellert also eine Beschreibung des Täters, ein Charakterbild. Doch auf wie viele Männer traf das rein äußerlich zu? Er konnte doch nicht dahergehen und wahllos Männer verhaften lassen, nur weil sie so aussahen wie sein Mörder. Er war aufgestanden und an das Fenster getreten. Es dämmerte. Die untergehende Sonne zauberte einen rötlichen Hauch auf die Baumspitzen und färbte die Schatten dunkelblau. Das zu erkennen, das Schatten blau waren und nicht grau oder schwarz, hatte ihm Marie gezeigt. Eine getigerte Katze schlich über den Rasen, verharrte kurz weil sie etwas gehört hatte, und schlich dann weiter ihres Weges. Der Sommerhimmel wurde von zarten Wölkchen gefleckt. Draußen war es still, doch bei ihnen im Hause tönten zwei Kinderstimmen. Sie spielten ein Spiel, so friedlich, so unbedarft, wie es die Zeiten nicht waren.

---

[7] Der Begriff "asozial" (gemeinschaftsschädigend) ist ein Kunstwort und wurde im Nationalsozialismus für Menschen gebraucht, die am Rande der Gesellschaft standen. Er wurde insbesondere dafür benutzt, diese Menschen zu stigmatisieren und entsprechend der nationalsozialistischen Ideologie zu vernichten. (KZ-Häftlinge mussten einen schwarzen Winkel tragen)

DER ALTE FEIND

Das Polizeipräsidium stand wie eh und je und unverrückbar und mächtig an seiner Stelle. Vor dem Haupttor hielten zwei Wachtmeister Wache. Eher ein Ehrendienst, denn dem Schutz vor Übergriffen. Die waren eh nicht zu befürchten.

Heute herrschte Betrieb vor dem Hause. Hoher Besuch hatte sich angekündigt, daher bewachten die Schwarzuniformierten des Reichsführer-SS Heinrich Himmler, der persönlich ins Polizeipräsidium kommen wollte, das Gebäude. Nicht alle waren in Uniform. Betont unauffällig und daher besonders auffallend, Leute von der *Gestapa* in dunklen Anzügen und mit Schlapphüten, tief ins Gesicht gezogen, strichen um das Haus. Die Berliner tangierte solch ein Gehabe keineswegs. Sie gingen an ihnen vorbei, sie einfach übersehend, als wären sie nicht da. Und hatten dennoch ein ungutes Gefühl dabei. Man hörte ja so Einiges …

Es nieselte und ein kühler Wind fegte durch die Alexanderstraße. Mellert ging mit eingezogenem Kopf, die Hände in die Taschen seines Trenchcoats gesteckt und ins Gesicht gezogenem Hut, die Stufen zum Hauptportal hinauf. Die Polizisten kannten ihn und salutierten, jedoch der junge stramme SS-Mann nicht, der sich auf ihn stürzte. »Halt, Mann. Ausweis.«

Mellert blieb stehen, hob den Kopf. Was sollte er diskutieren. Der tat auch nur seine Pflicht. Er nestelte den Dienstausweis aus der Seitentasche. »Genügt das?«, brummte er. Diese ›Afferei‹, wie er sie nannte, verbesserte seine Laune nicht im Geringsten. Was hinlänglich Grund war, für den stammen Schwarzen, sich den Ausweis zu schnappen und umständlich darin zu lesen. »Na, was finden Sie Schönes darin? Ich hatte bisher nicht die Zeit, bis nach hinten zu blättern.«

»Sie heißen Mellert?«

»Wenn es dort geschrieben steht, wird es wohl so sein.«

»Werden Se man nicht frech.«

Noch ein Grund mehr für Mellert, sich den Knaben genauer zu besehen. *Natürlich! Blonde Haare, mindestens Einsachtzig. Rosige Gesichtshaut. Jungscher Spritzer um die Achtzehn, tut sich wichtig. Soll er mal.* »Ich würde mir an Ihrer Stelle einen anderen Ton zulegen, Sturmmann (Mellert hatte die Dienstgrade dieser Leute gelernt, besser war es), schließlich haben Sie einen Vorgesetzten vor sich.«

Doch der Sturmmann (äquival. Gefreiter) blieb bei seiner arroganten Art. Er baute sich direkt vor Mellert auf. »So nicht Onkelchen. Was wollen Sie im Präsidium?«

Das war der Moment, wo Mellert der Kragen platze: »Pass mal auf, Söhnchen. Wenn Du mich nicht augenblicklich an meinen Arbeitsplatz lässt, trotz gültiger Papiere, fliegst Du die Treppen runter! Und beschwere Dich nicht bei Deinem Vorgesetzten danach! Hast Du verstanden, Du Pimpf! Zur Seite!« Er schob den Sturmmann zur Seite, griff sich noch schnell seinen Ausweis und wollte die Treppen weiter steigen. »Stehen bleiben, oder ich schieße.« Das ging einen Schritt zu weit. Mellert blieb sicherheitshalber stehen, drehte sich ganz langsam um. Der ›Pimpf‹, zeigte mit seiner Pistole auf ihn. »Da hört mir doch alles auf! …«

»Was geht hier vor?«

Noch so einer? fragte sich Mellert. Doch es war Gebbert, der ebenfalls zur Arbeit kam. Er sah auf den SS-Mann, dann zu Mellert, dann zu den beiden Polizisten, die offenen Mundes herumstanden und die Schultern hoben und brüllte los: »Waffe runter, aber'n bisken plötzlich, Mann! Und machen se Meldung, Mensch!«

Offenbar kannte der Sturmmann Gebbert. Er ließ die Pistole sinken, steckte sie umständlich und mit zitternder Hand, Mellert sah es ganz genau, in die Pistolentasche. Dann straffte er sich. »Verdächtige Person beim Leisten von Widerstand festnehmen wollen. Es meldet, Sturmmann Leistikow.«

»Verdächtige Person? Sie ham se doch nicht alle? Menschenskind! Das ist Inspektor Mellert von der Mordkommission! Machen Sie sich auf Ihren Posten, Mann!« Er nahm Mellert beim Oberarm. »Kommen Sie, Mellert.« Er sah noch einmal zurück, zu dem Sturmmann, der sich eben trollte, begleitet vom schadenfrohen Grinsen der beiden Polizisten am Portal.

»So, nu erzählen Sie mal«, forderte Gebbert den Inspektor auf, während sie das mächtige Entree zum Aufzug durchquerten. Überall sah man Polizisten und SS-Leute, die die Treppenaufgänge und Flure bewachten. Im Aufzug berichtete Mellert, was vorgefallen war. Oben, im Flur der Abteilungen für Mord- und Kapitalverbrechen war es still. Keine Posten oder Bewacher. Als Mellert fertig war, hatten sie auch schon sein Büro erreicht. »Auf einen Cognac, Gebbert?«

»Gerne. Wenn es auch ein wenig früh ist.«

»Auf den Sieg?«

»Genau. Rechtfertigt alles.«

Sie saßen sich gegenüber in der bequemen Sitzgruppe. Die benutzte Mellert gerne zur Besprechung im kleinen Rahmen seiner Kommission. In den Schwenkern schwappte guter Hennessey und verbreitete einen rauchigen Duft im Zimmer. »Prost, Mellert.«

»Prost, Direktor.«

Dann schwiegen sie. Wie sollte Mellert beginnen? »Kennen Sie die letzten Protokolle der Spurensicherung und der Pathologie in Sachen Frauenmorde?«

»Habe ich grob durchgelesen. Manno Mann. Das ist vielleicht ein Vogel.«

»Ja. Und das Schlimmste ist, dass ich weiß, dass wir bald das nächste Opfer zu beklagen haben, wenn wir ihn nicht vorher kriegen.« Er goss noch einmal voll. »Der Letzte«, kommentierte er. Gebbert nickte.

»Und was tun Sie dafür?«

»Wir beobachten großräumig«, Mellert wiegte den Kopf hin und her, »den Bereich um die Tanzschule herum. Irgendwie muss uns der Kerl dazwischengeraten. Immerhin glauben wir zu wissen, wie er aussieht.«

»Na, das ist doch was.« Gebbert lehnte sich in seinem Sessel zurück, hielt den Cognacschwenker vor die Augen und drehte ihn ein wenig, sodass die goldene Flüssigkeit sanft im Glas schwappte.

»Ja, schon, das ist was. Aber es taucht nirgendwo ein Herbert Thieße auf, der mit unserem Verdächtigen übereinstimmt. Da oben im Norden ist das ein recht gängiger Name. Aber Name und Bild stimmen nicht überein. Alles harmlose Männer. Handwerker, Fischer, Dienstleute, Soldaten, Beamte. Die Meldungen der Inspektionen liegen vor.« Mellert grinste. »Ich glaube, wir haben alle Herbert

Thießes erfasst, die in Norddeutschland leben. Sogar Fotos haben wir, aber nicht den Mörder darunter.«

Gebbert kippte den Cognac herunter. »Das Einzige Gute daran ist, dass alle norddeutschen Thießes wahrscheinlich unschuldig sind – im Sinne der Anklage.« Er lachte über diesen Witz. Und fügte viel ernster, als Mellert ihn kannte, hinzu: »Wenn es keine Juden sind oder Kommunisten.« Er ließ ein paar Sekunden verstreichen. »Wie geht es Epsteiner?«

»Besser als uns. Wenn ich seine kryptischen Äußerungen richtig gedeutet habe, arbeitet er jetzt gegen Deutschland. Was uns in Schwierigkeiten bringen könnte. Anna malt und verdient gut. Sie haben sich ein Haus gekauft, kurz vor London. Und ein Auto und sie kriegen noch ein Kind. Er hält immer noch engen Kontakt zu Lieutenand Swartsburgh. Der hat übrigens auch deutsche Wurzeln, noch aus der Zeit vor dem Weltkrieg - Großeltern. Deshalb die eingeenglischte Form seines Namens.« Gebbert hatte es geahnt. Viele deutschstämmige in England, einschließlich des Königshauses und anderer adliger Häuser hatten ihren ehemals deutschen Namen eine englische Form gegeben. Wie die englischen Ableger der von Battenberg, die sich Mountbatten benannten. Wenn Epsteiner aber mit den Geheimdiensten zusammenarbeitete oder sogar in ihnen, dann könnte es eng werden. Er musste sich von dem Mann distanzieren. Irgendwie. Die politische Abteilung und die *Gestapa* suchten überall nach Fällen des Landesverrates und verdächtigten jeden per se, der nur in die Nähe ihres Gesichtskreises geriet. »Dann sind wir mal schön vorsichtig, nicht wahr«, flüsterte Gebbert.

»Das habe ich ihm auch schon zu verstehen gegeben.«

»Dann ist es ja gut.«

Sie schwiegen wieder. Jeder hing einem Gedanken nach. Gebbert, was Gennat sagen würde. Er musste ihm schon vortragen, was hier in der Mordkommission vorging, insbesondere, was die Frauenmordserie betraf. Aber wie er den Chef kannte, war er mit allem einverstanden, was sie beide taten. Das war in anderen Fällen manchmal *sehr* anders. Wenn es nicht vorwärtsging, zog er den Fall an sich und klärte ihn wenig später a*uf. So war Gennat.* Und Mellert? Er dachte an Marie und Annama und Paul, sehnte sich nach Kloster, und besaß nur noch einen Wunsch: Den Fall aufklären und – ja, was dann. An dieser Stelle kam er nicht weiter. Er wagte es nicht, weiter in die Zukunft zu denken und schon gar nicht, zu planen.

Tja, ich muss dann mal.« Gebbert war aufgestanden, hielt Mellert die Hand hin. »Was machen Sie heute?«

»Ich gehe noch einmal die Akten durch. Irgendwo muss es noch einen Hinweis geben. Und wenn er noch so winzig und unsicher ist. Irgendwo da drinnen.« Er zeigte auf eine Reihe Ordner, die auf seinem Schreibtisch standen.

»Na dann, gute Verrichtung. Ich bin dann mal bei Gennat, berichten.« Die Männer schüttelten sich kräftig die Hand. Seufzend ging Mellert zu seinem Schreibtisch, setzte sich, und schlug hoffnungslos den ersten Ordner auf.

Bevor er sich den dritten Ordner vornehmen konnte, war es Mittag. Der Inspektor rieb sich die Augen. Er hatte Hunger und wollte etwas zu Mittag essen. Gleich drüben, auf dem Alex würde er schon etwas finden. Er verließ das Präsidium durch den Haupteingang. Die beiden Polizisten standen wieder vor dem Portal, doch SS und Gastapa waren abgezogen. Ein paar schwarze Autos standen noch am Bordstein. Ansonsten tobte der Berliner Verkehr über die Alexanderstraße, wie eh und je. Eben wollte sich Mellert gen

Alex wenden, als ihm ein SS-Mann auffiel, der an einem der schwarzen Autos lehnte und gelangweilt zu ihm herüberblickte. Hessel? Jener Hessel, Karl-Heinz. Der wahre Chef der Mantelbande. Flüchtig seit zehn Jahren! Der Mörder, Totschläger und Bandit! Mellert erstarrte. Hessel als SS-Untersturmführer, militärisch im Range eines Leutnants.

Hessel schien Mellert nicht erkannt zu haben, dennoch suchte der Inspektor eine Säule, um sich dahinter zu verstecken. Er musste sich sicher sein! Absolut sicher. Fast zwei Jahre unter Hitlers Fuchtel hatten ihn gelehrt: Man musste vorsichtig sein. Mit der Partei, der SA, SS und allen ihren vielfältigen Organisationen. Mellert hatte nichts am Hut mit den neuen Mächtigen, die ihre Macht brutal und rücksichtslos ein- und durchsetzten.

Er spähte um die Säule. Hessel schien auf jemanden zu warten. Und da kam er schon. Ein Gruppenführer! Statt des Silbers glänzten goldene Rangabzeichen an seiner schwarzen Uniform. Hessel salutierte mit ausgestrecktem rechten Arm, obwohl ihn sein Chef (?) kaum zu Kenntnis nahm. Dann kletterte er in den Mercedes, Hessel hinterher. Die Türen schlugen zu und sie rauschten ab. Schnell notierte Mellert die Autonummer. Er würde schon herausbekommen, zu wem diese Hessel gehörte. Jagdfieber hatte Mellert gepackt. Der Hunger war vergessen, er dreht um und ging wieder hinein in Präsidium.

WARTEN – WARTEN

Die Wohnung in Anklam gehörte einer Frau Geheimrat a.D. Wuttke, Witwe des wirklichen Geheimrates Wuttke, schon vor sieben Jahren verstorben. Sie lag im ersten Stock des Hauses, der Tanzschule schräg gegenüber. Diese Wohnung belegte nun die Mordkommission. Sie lösten sich seit vier Wochen ununterbrochen ab und beobachteten die Tanzschule. Doch außer, dass regelmäßig von Dienstag bis Sonntag (Montag war Ruhetag) zwischen achtzehn bis zweiundzwanzig Uhr die Tanzeleven dort ein- und ausgingen passierte nichts. Nichts Bemerkenswertes. Interessanter war es, die Eckkneipe zwischen der Markstraße und der Rosengasse zu beobachten. Heute war Piper an der Reihe. Es hockte links hinter dem Fenster und hatte so die Tanzschule und die Kneipe im Blick. Vor sechs trafen die ersten Mädchen ein. Manche allein, die meisten begleitet von ihren Müttern oder Vätern. Die jungen Herren kamen selbstverständlich allein. Man begrüßte sich höflich und ging durch das große Tor in den Hof des Kunzelschen Anwesens. Die Begleiter verschwanden; die Mütter nach Hause, die Väter in die Eckkneipe. Manchmal verspätete sich eine oder einer der Eleven. Dann geschah lange nichts. Gegen acht trudelten die ersten ›Damen‹ ein, die sofort die Kneipe ›Pfaff‹ aufsuchten. Piper gähnte ausgiebig. Eine der ›Damen‹ verließ Arm in Arm mit einem Hafenarbeiter wenig später die Kneipe und verschwand mit ihm in Richtung Klosterstraße. Plötzlich richtete Piper sich auf. Er starrte durch die Fensterscheibe. Seine rechte Hand suchte nach dem Feldstecher. Da bog ein Mann aus eben der Richtung in die Straße ein, in die die ›Dame‹ und ihr Freier abgebogen waren. Größe, Figur und Habitus entsprachen genau dem eingehend beschriebenen Herbert Thieße, genannt Friedrich. Durch den Feldstecher erkannte Piper den Mann genau. Ja, es war Thieße! Der so lang Gesuchte. Der Inspektor legte den Feldstecher beiseite und griff zum Telefon, ohne Thieße aus den Augen zu lassen. Blind wählte er vier Ziffern. »Ja? Herr Mellert! Ach, Herr Wachtmeister. Sagen Sie Inspektor Mellert, er ist hier, der Thieße. – Was? – Er geht die Straße herunter - ja, an der Tanzschule vorbei.« Piper zitterten die Hände vor Aufregung. »Jetzt bleibt er stehen. Wartet. – Ja, ich bleibe hier, warte.«

Thieße stand jetzt auf der anderen Straßenseite, gleich in der Nähe des Tores zur Tanzschule. Es wartete, beobachtete die Tür. Piper sah auf die Armbanduhr. Einundzwanzig Uhr. Schluss in der Schule. Die ersten verschwitzten Tanzschüler kamen heraus. Schwatzend und lachend verabschiedeten sie sich und gingen ihrer Wege. Thieße wartete immer noch. Fünf Minuten später kam eine junge Frau heraus. Sie drehte sich um, sagte etwas durch die Pforte, vielleicht sprach sie mit Frau oder Herrn Kunzel. Das konnte Piper nicht erkennen. Dann schloss sich die Pforte. Die junge Frau drehte sich zu Thieße, lächelte freundlich und ging auf ihn zu. ›Bitte nicht‹, dachte Piper. ›Redet noch ein bisschen, dann ist Mellert da. Geh‹ nicht mit, Mädchen!‹ Doch sie tat es! Das Mädchen hängte sich in Thießes Arm ein, sah lächelnd und verliebt zu ihm hoch. Und auch Thieße, wirklich ein hübscher Mann, lächelte zurück. Dann wandten sie sich ab, und gingen die Straße hinunter zum Hafen.

Piper rief in die Sprechmuschel: »Die hauen ab! Beeilung!« Er warf den Telefonhörer auf die Gabel, raste aus der Wohnung, die Treppen hinab und blieb erst am

Hauseingang stehen. Wo bleibt Mellert?

AUF DER PIRSCH

Nach dem Gespräch mit Gebbert fuhr er nach Anklam und organisierte dort die Überwachung der Tanzschule. Doch ihn beschäftigte immer noch dieses seltsame Zusammentreffen mit Hessel. Er war felsenfest davon überzeugt, dass es Hessel gewesen war. Und ihm war klar, dass er allein nichts ausrichten konnte. Gebbert machte ein paar Telefonate, dann wusste er, zu wem der Wagen gehörte: Sicherheitsdienst der NSDAP, kurz SD. Er unterstand Himmler ebenso, wie die SS. Der Direktor runzelte die Stirn. »Ich werde unauffällig ermitteln. Eine verdammt delikate Sache das. Und wenn sich unser Mörder bei der SS versteckt hat, wird es schwer, an ihn heranzukommen. Nicht nur schwer, Mellert, gefährlich.« Er nippte an einem Kaffee. »Machen Sie in der Sache – wie hieß der gleich?«

»Thieße.«

»Thieße weiter. Für uns hat das Priorität. Den Hessel, wenn er es denn ist, kriegen wir auch noch.«

»Verstehe, Herr Direktor.« Mellert erhob sich.

»Nicht so förmlich, Mellert. Und viel Erfolg.«

Jemand klopfte heftig an die Zimmertür. Der Inspektor schreckte auf, sah automatisch zum Wecker auf dem Nachttisch. Zwanzig nach neun! Er war eingeschlafen! »Ja, bitte?«

Ein Wachtmeister trat ein. »Anruf von Herrn Inspektor Piper«, meldete er stramm, »Ich soll bestellen: er ist da.«

Mellert sprang wie elektrisiert auf. Er sah sich suchend um. Rannte zum Stuhl, schnappte sich Jackett und

132

Pistolentasche und raste am Wachtmeister vorbei, den Gang hinunter zum Ausgang des Hotels. Verdammt, verdammt, er war eingeschlafen!

Das Hotel war nicht weit von der Tanzschule entfernt. Mellert rannte über den Markt, sprang über eine Kette, die den Park vom Fußweg trennte und jagte in die Klosterstraße. Schon von Weitem sah er Piper, der unruhig auf und ab ging. Als er Mellert sah, winkte er hektisch.

»Sie gehen zum Hafen!« Die beiden Männer rannten los. An der Ecke *Ravelinstraße* blieben sie stehen und sahen um die Ecke. Sie war leer. Nirgendwo ein Paar zu sehen. Vorsichtig gingen sie bis zur *Silostraße*. »Irgendwo muss der Kerl doch geblieben sein?« Piper kratzte sich am Kopf und Mellert ärgerte sich, dass er eingeschlafen war.

»Gehen wir zur Hafenstraße. Vielleicht haben wir Glück.« Sehr überzeugt klang Mellerts Vorschlag nicht, aber sie machten sich dennoch auf den Weg.

»Und wenn er hier irgendwo eine Wohnung hat?« Die Kriminalisten sahen sich um. Hier wohnte der ärmere Teil der Bewohner Anklams. Hafenarbeiter hauptsächlich, kleine Handwerker. Es roch nach den Ställen auf dem Hof, abgestandenem Wasser und Abfällen. »Das wäre fatal, Piper. Wir sind so dicht dran.« Sie gingen weiter, sahen in jeden Haus- und Hofeingang. Nichts!

Am Hafen dümpelten ein paar Frachtkähne am Ufer. Sie gingen die Reihe entlang. Es war ruhig am Hafen. In der Ferne erklang ein Akkordeon, und eine Männerstimme sang dazu einen Shanty. Die Dämmerung kam auf. Auf einem Lastkahn stand ein Schiffer und paffte mit seiner Pfeife Rauchwolken in die Luft. »Hallo? Haben Sie hier ein Pärchen vorbeigehen sehen?«

»Nee.« Er machte eine große Geste mit dem Arm. »Allet s-till hier.«

Mellert und Piper drehten um und gingen zurück. Sie hatten ein ganz ungutes Gefühl im Magen. Vor der Tanzschule blieben sie stehen. Mellert klingelte. Sie mussten warten, doch dann schloss es an der Pforte. Sie öffnete sich einen Spalt. Das Gesicht von Kunzel erschien im Zwielicht. »Herr Kunzel, wir haben mal eben eine Frage.«

»Ja?«

»Diese junge Frau, die zuletzt aus ihrer Schule gekommen war, wie heißt die?«

Kunzel sah sie irritiert an. »Welche junge Frau?«

»Na, die, die Sie oder ihre Frau vor ein paar Minuten herausgelassen hatten.«

»Ah, die!« Kunzel dachte einen Moment nach. »Fräulein Laschke!«

»Ja?«

»Was ist mit ihr? Schon wieder …«

»Das wissen wir nicht. Ist Ihnen nichts aufgefallen?«

»Nö.«

»Besorgen Sie uns die Anschrift der jungen Dame. Bitte schnell.«

Es dauerte nicht lange, bis Kunzel wiederauftauchte. Er übergab Mellert einen Zettel. »Danke Herr Kunzel.« Die Tür fiel zu und die Kriminalisten hörten, wie Kunzel umständlich die Pforte abschloss. »Mindestens sieben Riegel«, meinte Piper.

»Gehen wir auf ein Bier. Wir fragen mal den Wirt oder einen der Gäste. Haben Sie ein Bild von Thieße dabei?«

»Klar doch, Herr Mellert.«

»Ja, der ist des Öfteren hier. Trinkt ein Bier und einen Klaren und geht wieder.«

»Und wissen Sie, wo er wohnt?«

»Nee.«

»Hat er Freunde oder Bekannte hier?«

Der Wirt fuhr mit einem Lappen über den trockenen Tresen und runzelte die Stirn. »Naja, manchmal saß er da drüben und hat mit dem Kunzel, den von der Tanzschule, gesprochen.«

»Aha. Wissen Sie noch, wann zuletzt?«

»Vorige Woche.«

Mellert trommelte mit den Fingern auf das gelochte Tresenblech. »Mal so unter uns, haben Sie mitgekriegt, worüber die Herren sprachen?«

»Von welcher Behörde sind Sie?« Wenn es nicht so ernst gewesen wäre, hätte Mellert gelacht. Aber er verstand den Wirt. »Mordkommission, Herr Pfaff.«

»Hm. Naja, aber von mir haben sie's nicht.«

Mellert machte die Geste streng verschlossener Lippen.

»Also letztens redeten sie über Kunzels Frau. Die olle Zicke, hat Kunzel sie genannt.« Für den Inspektor brach eine Welt zusammen. »Da scheint's nicht mehr miteinander zu klappen, zwischen den beiden.« *Dieser Kunzel ist mit Thieße gut Freund und tut so, als wenn er ihn schon lange nicht mehr gesehen hätte!* »Jedenfalls haben sie noch ne Weile geflüstert.« Als Mellert die Augenbrauen hochzog, wiegelte Pfaff ab. »Nene, ich habe wirklich nichts mehr verstanden.« Pfaff machte es spannend. »Und dann hatter einen Packen Geld 'rübergeschoben.«

»Wer?«

»Na, der Kunzel dem Mann da.« Er zeigte auf das Bild. »Und, unter uns, ein ganz unkoscherer Kerl das da.«

Mellert musste grinsen, ob des jiddischen Wortes zu diesen Zeiten. Aber Sprache ist Sprache. Sie kümmert sich wenig um ›völkisches Bereinigen‹. Das war schon immer so. »Wie kommen Sie darauf.«

»Weiß nicht, Herr Inspektor. Nur so ›n Gefühl. Also ich würde dem nicht anschreiben.«

Nun wusste Mellert ein wenig mehr über Thieße, aber es war wenig genug. Und Kunzel wird er sich noch einmal vornehmen! Besaß der Kerl die Frechheit, ihn zu belügen! »Ja, dann vielen Dank, Herr Pfaff. Was bekommen Sie?«

Schmittchen griente über das ganze Gesicht, als er auf den Klingelknopf neben dem Namenschild aus Messing drückte. »Kunzel«, stand, schon mit grüner Patina belegt darauf. Der Inspektor und Schmittchen waren schnell aus der Wohnung der Witwe Wuttke gelaufen, als Frau Kunzel, bewaffnet mit Einkaufstasche, ein gewaltiges Lederding, geformt wie eine Kiste, zu Markt ging, um dort den Wochenbedarf der Kunzels einzukaufen.

Die Pforte im Tor wurde umständlich aufgeschlossen. Das blasse und übermüdete Gesicht des Tanzlehrers erschien im Türspalt. »Ja?«

»Wir haben noch ein paar Fragen, Herr Kunzel.«

Die Tür ging ein wenig weiter auf. Der Tanzschulchef erschien in einem dunkelblau-schwarz-gestreiften Morgenmantel aus Seide im Türrahmen. »Hat das nicht etwas Zeit? Meine Frau ist gerade …«

»Nein, Herr Kunzel«, Mellert stellte sicherheitshalber einen Fuß zwischen Tür und Rahmen. »Lassen Sie uns kurz ein?«

Die Tür öffnete sich vollends. »Kommen Sie.« Sie gingen durch den dämmrigen Flur, bogen rechts ab zur Wohnung.

Kunzel ging vor, in die Küche. Hier stand noch das Frühstücksgedeck auf dem Küchentisch. Marmeladengläser, Teller, Messer und Kaffeetassen. Eine Zeitung lag daneben, der »Völkische Beobachter«. Mit einer müden Geste lud Kunzel die Kriminalisten ein, sich zu setzen.

Mellert faltete die Hände auf den Schoß und sah Schmittchen erwartungsvoll an.

»Äh, ja.« Stolz lag in Schmittchens Zügen. Der Meister ließ ihn auf den Delinquenten los! »Wir hätten da, wie schon gesagt, noch ein paar Fragen.«

»Ja, bitte.« Es sollte uninteressiert klingen, doch die Spannung, unter der Kunzel stand, war nicht zu übersehen.

»Sie hatten sich in der vorigen Woche mit Herrn Thieße getroffen. Im ›Pfaff‹?«

»Ich? Wer sagt das?«

»Ein Zeuge, Herr Kunzel. Also?«

Kunzel senkte den Kopf. Es schien, als zähle er die Krümel auf der Wachsdecke.

»Nun? Wir warten.«

»Ja, es war so.«

»Können wir den Grund Ihres Treffens erfahren?«

Kunzels Blick auf die Kriminalisten wurde kalt und hart. »Nein. Ich wüsste nicht, wieso ich Ihnen Auskunft geben sollte. Es war rein privat.« Mit den Augen zeigte er zur Küchentür. Schmittchen und Mellert sahen gleichzeitig hin. An der Tür hing ein Jackett mit einem Parteiabzeichen der NSDAP. »Was soll man machen?«

Jetzt schritt Mellert ein. »Hören sie, Kunzel. Warum belügen Sie uns? Der Treff mit Thieße hatte nichts mit Ihrer Parteimitgliedschaft zu tun, ›Volksgenosse‹! Was haben Sie mit dem Thieße wirklich zu schaffen? Müssen wir erst Druckmittel anwenden?«

Mit zusammengepressten Lippen sah Kunzel auf die Tischdecke. Seine Finger spielten unruhig mit einer Falte der Wachstuchdecke. »Er erpresst uns«, stieß er schließlich hervor.

»Erpressung? Womit. Reden Sie, Mann!«

»Weil – meine Alt ... Frau mit ihm ... Er hat Fotos. Er will sie an den Ortsgruppenleiter geben, wenn wir nicht zahlen.«

»Na und?«

»Der macht uns fertig. Wir verlieren unsere Existenz. Verdammte ...« Er ließ offen, wen er verdammte, aber Mellert und Schmittchen konnten sich denken, wer gemeint war.

»Was ...?« Frau Kunzel stand in der Küchentür. Mellert erhob sich.

»Guten Tag, Frau Kunzel.«

»Sie wissen es, Elfriede.« Frau Kunzel setzte sich auf die Kante des Küchenstuhles. »Und nun?«

»Wenn Sie uns helfen, schnappen wir uns den Kerl, Frau Kunzel. Thieße steht unter dem dringenden Verdacht, mehrere Morde begangen zu haben.«

»Um Gottes Willen! Elfriede! Wenn ...« Kunzel griff über den Tisch nach der Hand seiner Frau. Es war nicht einstudiert oder falsch. Sorge stand in Kunzels Gesicht. Frau Kunzel war blass geworden. »Ist er – hat er - die Mädchen ermord ...?«

»Wir fürchten es, Frau Kunzel. Und ich glaube«, Mellert legte die Unterarme schwer auf den Tisch, »dass Sie verdammtes Glück gehabt hatten«.

Wenn es gegangen wäre, wenn es noch eine Steigerungsmöglichkeit gegeben hätte, wäre Frau Kunzel noch blasser geworden. Aber sie machte etwas typisch Weibliches: Sie fiel in Ohnmacht.

Auf dem Tisch dampften zwei Kaffeetassen und verbreiteten einen aromatischen Duft in der mit Zigarettenrauch geschwängerten Luft. Ein leises Knistern war zu hören, wenn Gebbert die Seiten umblätterte. Es herrschte gespannte Stille. Sie saßen im großen Beratungssaal, an dem ovalen Tisch; Gebbert, Mellert, Schmittchen und Keller. Es war die übliche Runde der Berichterstattung, wie sie Gebbert schon vor langer Zeit eingeführt hatte. Jeder der Anwesenden gab mündlich Rapport, ergänzte, tat seine Meinung kund. Gebbert hörte aufmerksam zu. In ihm entstand ein Bild des Falles, sammelten sich Informationen, Personen, Orte, Wege, Verdacht und Entlastung, Zusammenhänge und lose Enden. Damit ergänzte er sich mit Mellert. Das war der Grund ihrer engen Zusammenarbeit und ihre liberale Anschauung, die sehr konträr zur gegenwärtigen politischen Situation stand. »Tja«, er schloss die Akte, »Danke meine Herren. Ich werde dem Kriminaldirektor berichten.« Gebbert wollte unbedingt mit Mellert unter vier Augen reden. Er stand auf, und holte tief Luft. »Mellert, gehen wir essen?«

Hinter der Brücke des Bahnhofs Alexanderplatz gab es ein Restaurant mit, wie es hieß, gutbürgerlichem Essen. Sie fanden einen Tisch am Fenster, mit Blick auf die Rathausstraße. In der Spätsommersonne spazierten Müßiggänger am Haus vorbei, Busse, Straßenbahnen und Autos belebten die nicht so breite Straße. Der Lärm des Verkehrs drang gedämpft in den Gastraum. Sie bestellten ein einfaches Essen – Boulette mit Gemüse und Salzkartoffeln und ein Bier. Mellert war gespannt. Sie zogen sich oft hierher zurück, wenn sie unter vier Augen, und vor allem Ohren, reden wollten. Bis das Bier kam, schwiegen sie.

»Sehr zum Wohle, die Herren«, sagte der Kellner katzbuckelnd und zog sich wieder zurück. Der Gastraum war nicht sehr gefüllt. Es roch nach Essen, Zigarren- und Zigarettenrauch und etwas Unbestimmbaren, vielleicht abgestandenem Bier oder den alten Dielen oder eine Mischung aus allem. »Prost, Mellert.«

»Prost Gebbert.« Sie tranken eine Hälfte und stellten die Gläser betont langsam auf den Bierdeckel.

»Tja. Der Hessel. Ich habe es über drei Ecken dem Müller gesteckt.« Gebbert hob abwehrend die Hände. »Ich weiß, dass sie den nicht abkönnen. Aber er ist jetzt ein hohes Tier bei der *Gestapa*.« Und als Mellert seinen Direktor erstaunt ansah: »Jaja. Der hat einen Aufstieg genommen, da staunt man nur.« Mellert versuchte gelangweilt zu gucken, doch sein Chef sah ihm die Spannung an. »Jedenfalls vorgestern stand er bei mir im Büro, gab an wie ne Tüte Mücken.«

»Ja?«

»Ja. Was uns einfiele, einen seiner Kameraden vom SD zu verdächtigen? Wir sollen gefälligst die Finger davonlassen, andernfalls fänden wir uns in einem KL [8]

---

[8] KL, die ursprünglich gebräuchliche Art der Abkürzung für ein Konzentrationslager.

„Nach Eugen Kogon *(Der SS-Staat)* gaben SS-Wachmannschaften dann der Abkürzung KZ wegen ihres härteren Klanges den Vorzug." (aus Wikipedia, ‚Konzentrationslager'), wieder.« Mellert schnaufte. Sie schwiegen, weil eben das Essen serviert wurde. Schweigend aßen sie und schweigend tranken sie nach dem Essen ihr Bierglas leer. »Wie auch immer. Ich hab's Gennat gesteckt. Der Buddha hat abgewinkt. ›Das machen die unter sich aus. Finger weg‹, hat er gemeint. Das rate ich Ihnen auch.«

Mellert nickte. Er winkte dem Kellner, dass er zahlen wolle. »Ich kriege ihn noch, Gebbert. Wenn nicht heute, dann morgen. Ein Kriminalist muss Geduld haben. Irgendwann wiegt die Schwere seiner Taten auch die dickste Kumpanei auf.«

»So sei es.« Er warf einen Fünf-Markschein auf den Tisch. »Gehen wir.«

Mellert hatte einen Verdacht. Und der Weg zur Klärung führte über Schmittchen. Er war zwar vage, aber irgendwo musste er anfangen.

»Schmittchen?«

»Herr Mellert?«

»Sie kennen doch Gix und Gax?«

»Kommt drauf an. Was isses?«

»Kriegen Sie heraus, wo genau der Müller arbeitet. Ich meine mit Wo, für wen. Und wo er wohnt?«

Schmittchen bekam rote Ohren. »Das wird nicht einfach. Sie kennen meine Haltung zu …«

»Kriegen Sie's nun heraus?«

»Ja - Ich werde es versuchen.«

»Vielen Dank.« Mellert bot Schmittchen einen Sitzplatz an. »Zum aktuellen Fall. Was schlagen Sie vor, wie wir weiter verfahren sollen?«

»Wir spielen Fuchs und Jäger.«

142

»Und hoffentlich nicht wieder Leichenbeschauer.«

VERBRANNT

Sie lagen wieder in Witwe Wuttkes Wohnung auf der Lauer, aber diesmal waren sie zu zweit; Mellert und Schmittchen. Während der Kommissar die Umgebung um die Tanzschule im Auge behielt, las Mellert einen langen Brief aus England. Epsteiner verbreitete sich auf sehr humoristische Weise über die englische Art und natürlich das Essen. *»Sie glauben gar nicht, wie ernst hier draußen die Teatime genommen wird! Man begeht nahezu ein Sakrileg – jedenfalls Anna -, wenn sie sich nicht loseist und ihre Arbeit an den Bildern unterbricht. Sie hat jetzt England entdeckt, das Ländliche. Die Engländer reißen ihr die Bilder regelrecht aus den Händen. Also die, die sich eine echte Epsteiner leisten können. Das ist, zu meinem Erstaunen, eine ganze Menge. Darunter ein Earl Sowieso und zwei Counts, von denen einer den anderen zu überbieten sucht. Schon erstaunlich – nein, erfreulich!*

Anna hat zugenommen, die süßen Küchlein mit noch süßerer Marmelade und mit dicker, süßer Sahne zeitigen ihre Wirkung! Aber es steht ihr. Levke wächst und brabbelt englische Vokabeln. Ich verstehe sie schon besser, denn mein Englisch verbessert sich von Tag zu Tag, da ich von den Kollegen von Tag zu Tag korrigiert werde. Ich bin ja anderweitig beschäftigt und stecke im Scotland in London fest. An das Wetter habe ich mich gewöhnt, der Schirm gehört hier zur Grundausstattung eines Gentleman, wie die Melone (die ich nicht trage - ich sehe zu dämlich damit aus) und die Lockenpracht der einheimischen Juristen, die mir auf dem Weg zur Arbeit begegnen. Alles ist hier etwas alt und gleichzeitig modern, exaltiert und proletarisch, aber alle tun so, als wären sie von hohem Adel. Was macht Ihr Massenmörder? Und der aus dem alten Fall, Sie wissen schon. Hier ist nicht so viel los. Ich darf nur zusehen und lernen. Hoffentlich dauert es nicht mehr lange. Ich weiß schon eine ganze Menge über diese Art Täter.« Er schrieb über die Gegend, in der sie lebten: *»Flach, grün, still mit vielen Hecken und netten Leuten dahinter und Schafen und Kühen auf den Weiden.«*

Er wurde unterbrochen.

»Da geht was vor.« Schmittchen war ans Fenster getreten und hielt den Feldstecher vor die Augen. »Er geht eben in die Eckkneipe.«

»Allein?«

»Ja – nein! Da kommt Kunzel. Vom Markt. Er geht ebenfalls in die Kneipe.«

»Wir warten. Passen Sie schön auf.« Mellert wandte sich wieder dem Brief zu. *»Im Oktober fährt Anna nach New York. Eine Ausstellung in einer berühmten Galerie. Ehrlich? Ich habe keine Ahnung welche, aber ich bin unglaublich stolz auf meine Frau. Immerhin hat sie drei Dinge zu versorgen. Nein vier! Ihre Kunst, Levke, das Haus und mich. Ich müsste Gebbert um Urlaub bitten. Was meinen Sie?«*

Mellert dachte bei sich, dass das nicht nötig sei. Ah! Epsteiner wollte nur mitteilen, dass sie über den großen Teich fliehen würden! Besser ist es!

»Kunzel kommt heraus.«

»Gut. Reden wir mit Thieße und holen uns den Kunzel.«

»Ist es umgekehrt nicht besser?«

»Danke. Das wollte ich so sagen.« Sie standen schon vor der Tür und beeilten sich in die Kneipe zu kommen. Ein ahnungsloser Beobachter hätte sie für zwei sehr durstige Herren gehalten.

Im Gastraum sahen sie sich schnell um. Kein Thieße! »Wo ist er?«

»Wer?«, fragte Pfaff.

»Der Thieße, Sie wissen schon!«

»Klo.« Pfaff zeigte mit dem Kopf in die Richtung. Die beiden Kriminalisten rannten los, behinderten sich in dem engen Gang nach draußen gegenseitig, wo auf den Hof das Häuschen mit den Toiletten war. Schmittchen riss die Tür der Herrentoilette auf. »Niemand da!«

»Verdammt, er ist weg!« Mellert sah sich um. Der Hof grenzte an die Straße zum Markt. Eine Mauer mit Glasbruch auf der Mauerkrone sollte verhindern, dass unerwünschte Personen von außen nach innen einsteigen konnten. Aber der Weg umgekehrt war einfacher, da ein viereckiger Müllbehälter direkt an der Mauer stand. Der Inspektor ging näher heran. Im Staub auf dem Deckel zeigte sich deutlich die Spur zweier Stiefelabdrücke – ganz frisch. Und am Glasbruch schien etwas hängen geblieben zu sein. Ein kleiner Fetzen Stoff oder Ähnliches. »Rufen Sie die Spurensicherung, Schmittchen. Sie sollen sich beeilen.« Enttäuschung klang in Mellerts Stimme mit.

Kunzel tat unschuldig. Er habe Thieße nicht gesehen. Nur ein schnelles Bier getrunken und sei sofort gegangen. »Meine Frau sieht das nicht so gerne. Sie meint«, sagte er mit einem unschuldigen Blick zu Mellert, »dass ich auch zu Hause mein Bier trinken könnte. Aber frisch gezapft bleibt frisch gezapft.«

»Wollen Sie uns ernsthaft suggerieren, dass sie nicht mit ihrem Erpresser geredet haben, Herr Kunzel?« Kommissar

Schmittchen schüttelte ungläubig den Kopf. »Was meinen Sie, sagt uns Herr Pfaff, he?«

Pfaff hatte gar nichts gesagt. »Habe ick nich gesehen, Herr Kriminal. Ick hab den Kunzel een Bier jezapft und der – Thieße? – hat am Stehtisch seine Herrenjedeck jetrunken. Hat immer aussm Fenster jelinst.«

»Und?«

»Na, der Kunzel hat det Bier einjeatmet, nich jetrunken. Und Thieße is uffs Klo jejangen. Und denne sind Sie ja gekommen, Herr Kriminal.«

»Wir brechen ab.« Mellert war enttäuscht. »Der Ort ist verbrannt. Ich glaube nicht, dass der Thieße hier noch einmal auftaucht.«

»Dann fangen wir von vorn an, Herr Mellert?«

»Sieht so aus, Schmittchen, ich fürchte, so ist es.«

ENDE SEPTEMBER 1933, EINE NEUE SPUR

„Wochenend und Sonnenschein, und dann im Wald mit Dir allein...", tönte es leise aus dem Radio. Sonntagmorgen, der letzte des September. Die Schreibtische waren aufgeräumt, die Inspektion Bergen lag still und verwaist, nur noch von einem Diensthabenden bewacht. Mellert hatte sich nach Hiddensee verzogen, Piper in sein Häuschen, das ehemals Mellert gehörte, Schmittchen war in Berlin. Es war still, friedlich und Herr Klug, der Wachtmeister vom Dienst hoffte, dass es so bliebe, wenigsten bis Montagmorgen, wenn der allgemeine Dienst wieder begann. Ab Montag hatte Klug zwei ganze Tage frei, die er mit Angeln verbringen wollte. Das Zeug war gepackt. Er brauchte nur noch zum *Kleinen Jasmunder Bodden* radeln, das Ruderboot losmachen und auf den Bodden fahren. Eine gute Stelle hatte er schon ausgemacht. Urplötzlich rasselte der Fernschreiber los. Klug wäre vor Schreck beinahe vom Stuhl gerutscht.

Er stand auf, reckte sich und ging in die Dienststube, in der der Fernschreiber lärmte.

»+ + + PolPräs Berlin, Mordk. I, Fränzel. Bitte sofort Herrn Insp. Mellert übergeben! Streng vertraulich. + + +«, las Klug mit. *»Bei gesuchtem Thieße, W., handelt es sich sehr wahrscheinlich um einen gewissen Malkowski, Werner, alias Herbert Tieße und anderer Aliase, geb. 1898 in Anklam, einziges überlebendes Kind, Mutter starb während der Geburt seines Bruders (1901). Wurde von Großmutter und Vater erzogen. Vater, Trinker seit 1870er Krieg. Angeblich Hilfsarbeiter in einer Tischlerei in Anklam. Hat*

eingesessen von Oktober 1932 bis Februar 1933 wegen Landstreicherei in Haftanstalt Schwerin. Derzeitiger Aufenthalt unbekannt. Komm. Fränzel. + + +« Der Fernschreiber kam zu Ruhe. Klug riss den Streifen Papier ab, sah sich um. *Und nun?,* dachte er, *Wie kriege ich das Schreiben nach Kloster? Und eventuell ist es dem Herrn Inspektor aus Berlin unangenehm, am Sonntag gestört zu werden?* Ob er den Piper anrufen sollte. Besser war es wohl.

»Herr Inspektor? – Tut mir leid - Wie? – Ein Fernschreiben - Ja, scheint wichtig zu sein, von einem Oberkommissar Fränzel.« Er lauschte. »Es geht um einen gewissen Thieße - Ja, mache ich sofort! Ich soll Sie hier auf der Dienstelle erwart...« Er betrachtete mit gerunzelten Brauen den Telefonhörer. »Aufgelegt«, stellte er fest.

Wenig später stand Piper in der Tür zum Dienstzimmer. »Und, wo ist es.« Er riss Klug das Papier aus den Händen. »Is ja ein Ding! Ich muss sofort nach Kloster. Haben Sie schon angerufen?«

»Noch nicht. Ich dachte …"

„Dann tun Sie das jetzt! Erst den Inselposten und dann den Langhans. Ich kann nicht auf eine Fähre warten." *Und Schwimmen schon gar nicht.*

„Selbstverständlich, Herr Inspektor.«

»Gut.« Piper holte sich den Autoschlüssel des Dienstfahrzeugs der Inspektion vom Schlüsselbrett, quittierte den Empfang in einem Buch, faltete das Fernschreiberblatt zweimal und lief in den Hof der Inspektion.

Eine dreiviertel Stunde später stieg er in Schaprode auf den Kutter von Fischer Langhans. »Beeilen wir uns, Herr Langhans.« Die mächtige Qualmwolke aus Langhans Pfeife sollte wohl die Bestätigung sein.

Piper stapfte unruhig an Bord hin und her. Er hätte wohl nur anrufen sollen. *Ach, was soll's!* Er gönnte Mellert den Sonntag. Doch leider würde er ihn ein wenig versalzen – oder versüßen? So dicht waren sie noch nie an ihren Mörder gewesen. Die Überfahrt wollte kein Ende nehmen. »Geht es etwas schneller, Herr Langhans?«

»Dat is allens, wat de Modor kann, Herr Piper.« Aber da war schon Kloster in Sicht.

Piper sprang von Bord. Eilig lief er den Weg nach oben zu Mellerts Klosteraner Haus. Er klopfte.

»Wer stört?«, es war Mellert, der vorsichtig die Tür öffnete. »Piper, Sie Unglücksrabe! Was gibt es?« Er nahm den Zettel entgegen. »Kommen Sie, Frühstück steht auf dem Tisch.« Auf dem Weg in die Küche las er die Nachricht. »Ich hab's geahnt! Nachdem wir keinen passenden Thieße gefunden hatten, Herr Piper, blieben nicht viele Möglichkeiten übrig.« Mellert biss kräftig in sein Brötchen. »Nun müssen wir uns mit einem Malkowski beschäftigen, Aufenthalt unbekannt. Ich glaube nicht, dass das leichter ist, als einen Thieße zu finden.« Mellert kaute auf und spülte die restlichen Krümel mit Kaffee nach. Er verzog das Gesicht. »Schon kalt. Wollen Sie auch noch einen?«

Piper nickte. »Aber keinen kalten, bitte. Und wenn es den Malkowski in Anklam gibt?«

»Das wäre zu schön.« Mellert stand auf. Er ging zum Telefon und wählte die Nummer der Anklamer Inspektion. »Morgen, Herr Wachtmeister, hier Mellert, Mordkommiss … Ah, Sie wissen Bescheid. Prima. Tun Sie uns doch einen Gefallen, Herr Federer. Sehen Sie doch einmal nach, ob es in Anklam einen Malkowski, Werner, Alter fünfunddreißig, gibt. Wenn ja, ermitteln Sie den Wohnort und rufen zurück.

Danke.« Mellert legte auf und kam zurück. »Trotzdem nett, dass sie hergekommen sind, Piper.«

»Ich dachte, ich …«

»Nein, nein. Alles in Ordnung. Lassen Sie uns einen Schlachtplan entwickeln.«

GERTRUD

Es war so schwer, die Augen zu öffnen. Eigentlich wollte Gertrud, dass es Tag wurde und der Albtraum zu Ende war. Aber sie wusste auch, dass dies kein Traum war, sondern grausame Realität. Und durch den Nebel ihre schmerzvollen Gedanken erinnerte sie sich dunkel, dass sie mit Herbert hierhergekommen war.

Herbert wollte ihr eine Überraschung zeigen. Sie waren Arm in Arm zum Hafen gegangen. Sie fror, trotz des warmen Spätsommerabends und er gab ihr sein Jackett. Die Sonne stand schon dicht über dem Horizont. »Hier?«, hatte Gertrud gefragt, »Was soll es hier geben?« Sie waren bei den alten Silos am Hafen. Als Kinder spielten sie in den unheimlichen Gebäuden Verstecken. Da wohnte sie mit ihren Eltern noch in Anklam. Daher kannte sie die Silos. Dunkle geheimnisumwitterte Säle, Gänge und Kellerräume. Hier roch es nach Möhren und Zucker und Mäusen. Und dann wurden die Türen vernagelt und sie mussten sich andere Spielplätze suchen.

Herbert nickte begeistert. »Lass Dich nur überraschen.« Er tat sehr geheimnisvoll. Gertrud wurde es unheimlich. Was sollte hier schon sein? Leere Hallen, Staub, Dreck und Ratten. Sie blieb stehen. »Erst musst Du mir sagen, was das für eine Überraschung ist.« Sie standen vor einer Holztür mit einer Aufschrift: ›Kunzel & Cie., Saatgut‹. »Dann wäre es keine Überraschung! Nun mach schon, Du verdirbst sonst alles.« Er öffnete die Tür und schob sie hinein. Gertrud zitterte jetzt. Angst hatte sie und machte sie schwach. Da war etwas in Herberts Stimme. So etwas kaltes, hartes. Drinnen war es dunkel, die wenigen Fenster ließen kaum noch Licht in die Halle. Gertrud bekam einen Stoß in den Rücken, machte ein paar Schritte, dann spürte sie einen spitzen Schmerz am Hinterkopf.

Sie lag auf einem Tisch oder einer Bank. Und sie befand sich nicht in der Lagerhalle, sondern im Keller des Hauses. Sie erkannte es an der Decke mit den durchgerosteten Stahlträgern. Eine schirmlose Lampe hing von der Decke herab und verbreitete diffuses Licht. Den Kopf könnte Gertrud bewegen, sonst nichts. Aber das wollte sie nicht, denn es schmerzte! Es brummte und summte im Schädel und jede Bewegung mit dem Kopf verursachte wahnsinnige Kopfschmerzen. Ja, es war der Keller! Irgendeiner von denen, der von einem langen dunklen Flur abging. Als Kinder waren sie hier mit Kerzen in den Händen entlanggeschlichen und hatten sich gegruselt. Und auch in die Kellergelasse hatten sie geguckt. Es war ja alles offen. Niemand kümmerte sich um die stillgelegten Lager! Gerümpel fanden sie und Zuckersäcke. Und Ratten, die pfeifend in ihre Schlupflöcher wuselten. Wie waren sie gerannt! Nur raus hier!

Hier gab es nur Wände und eine Tür. Die konnte Gertrud nicht sehen, also lag sie mit dem Kopf zum Eingang. An der Wand rechts stand eine Werkbank. Rostiges Werkzeug lag darauf und Lappen und noch weiteres undefinierbares Zeug. Nein, hier war sie nie gewesen. Auf der anderen Seite lehnte eine Leiter an der Wand. Dunkle Flecken waren darauf zu sehen und auch an den ehemals weiß gekalkten Wänden. Spritzer, wie von dunkelroter Farbe. Gertrud begann, das Herz zu klopfen. Da war sie wieder, die Angst und die Schmerzen am ganzen Körper! War es Herbert gewesen, der sie gefesselt hatte? Oder wer Anderes? Herbert war doch viel zu freundlich und zu nett. Nein, das muss ein anderer gewesen sein. Aber was ist mit Herbert passiert? »Herbert?«, flüsterte Gertrud. Doch nur ein leiser Hall antwortete ihr.

Gertrud fror. Nicht nur weil der Kellerraum kalt, sondern weil sie nackt war. Angst und Scham ließen Gertrud erstarren. Sie drehte mühsam den Kopf nach links. Unterhalb der Leiter lag ihre Kleidung unordentlich auf einem Haufen, die teuren Schuhe lagen daneben. Wieder ging ihr Blick zu anderen Seite. Von der Holzleiter hing ein Hanfseil herab. Sie sah jedes Detail, das im Lichtkreis der Lampe war: Der abgebröckelte Putz über der Werkbank und das Strichmännchen daneben. Die verrostete Zange, von der sie wusste, dass man sie ›Franzosen‹ nannte. Die krummen Nägel, der Staub auf der Bank, das Messer mit der gebogenen Klinge, der Rest eines Plakates. An der Decke gegenüber Kabel, die aus der Decke kamen und zu einer Wandlampe führten. Die Lampe war kaputt, die Abdeckung fehlte. In der Porzellanfassung steckte noch der Rest der Glühlampe.

Sie hörte die Tür leise in den Scharnieren quietschen. Er kommt! Wer kommt? Herbert? Ein anderer? Gertrud schämte sich, dass sie nackt hier lag. Sie bäumte sich gegen ihre Fesseln auf. Das Zittern ihres Körpers verstärkte sich, ihre Zähne schlugen aufeinander. Warum sagt er nichts? Warum zeigte er sich nicht? »W-w-was w-w-will-l-st d-d-du von m-mir?« Sie hörte nur schweren Atem. Und sie roch einen bekannten Duft. Herbert! Es konnte nur Herbert sein, es war Herberts Parfüm! »Herbert, b-b-bitte! Was willst D-du v-v-von mir?«

»Das!" Und da traf sie der erste Schlag auf den Bauch. Sie schrie auf, vor Schmerz und Schreck. „Du sollst leiden, wie ich gelitten habe!« Und dann schienen die Schläge kein Ende zu nehmen, bis sie in Ohnmacht fiel.

Montag. Ein neuer Tag. Frisch, duftend (nach Pferdeäpfeln) und sonnig. Mellert wurde in der Inspektion bereits erwartet. Er hatte die erste Fähre genommen und sich dann von Sulzheimer einen Wagen ausgeliehen. „Noch immer auf der Spur?", fragte Sulzheimer süffisant und sah Mellert schräg an. Der würdigte ihn keines Blickes, sondern nahm schweigend die Schlüssel in Empfang und beeilte sich, Stralsund zu verlassen.

Wachtmeister Federer salutierte. »Morgen, Herr Federer. Immer noch im Dienst?«

»Was soll man machen. Es fehlen uns die Leute.«

»Danke, dass Sie uns helfen.«

»Keine Ursache, Herr Inspektor. In einem solchen Fall will man doch dabei sein.«

„Kann ich verstehen." Inzwischen hatten sie das Haus erreicht, in dem angeblich der Malkowski leben sollte. Das Namensschild jedenfalls schien darauf hinzudeuten. Die noch lesbaren Zeichen konnten als ‚Malkowski' gedeutet werden. Das Haus war alt, der Putz schon dunkelgrau und brüchig. Die Fenster außen schmutzig, seit Jahren nicht mehr geputzt. »Hier soll Thieß… äh Malkowski wohnen?«

»So steht es im Melderegister.«

»Na gut, gehen wir.« Mellert klopfte in Ermangelung einer Hausklingel an die Tür. Sie lauschten. Es blieb still, nicht rührte sich. Mellert machte mit dem Kopf eine Bewegung.

Federer trat zwei Schritte zurück, nahm Anlauf und warf sich gegen die Tür, die sofort aufsprang und krachend gegen die Wand schlug.

»Kriminalpolizei! Herr Malkowski?«

Stille.

Von einem kurzen Flur gingen vier Türen ab. An der Garderobe hing eine Arbeitsjacke, und eine Schiebermütze, wie sie die Hafenarbeiter trugen, lag auf der Hutablage. Auf dem Boden verstreut breiteten sich Zeitungen und ungeöffnete Briefe aus. Gleich rechts war die Küche. Es roch faulig und abgestanden. Auf dem Küchentisch stapelte sich schmutziges Geschirr, dazwischen quollen Essensreste, auf denen ganze Kolonien von Schimmelpizen wuchsen. Der Fußboden sah ähnlich aus, nur wurde er zusätzlich mit Krümeln und Batterien aus Schnaps- und Bierflaschen ergänzt. Die nächste Tür führte in ein Schlafzimmer. Auf dem Boden lag eine Matratze, das Bettzeug zerwühlt und schmuddelig. Auf einem Garderobeständer hing ein weißes Hemd, eine Krawatte und auf einem Bügel ein eleganter Anzug. Zwei Paar Schuhe standen ausgerichtet wie im Spind eines Soldaten darunter. Und bis auf ein vergilbtes Bild einer Heidelandschaft, und geschlossenen Fenstervorhängen gab es keinen Schmuck in dem Zimmer. Die allgemein hohe Staubschicht auf den Dielen und Möbeln bewies, dass schon lange niemand mehr hier gewesen war.

Es folgte ein völlig leerer Raum auf der linken Seite. Die Fenster waren mit Zeitungsseiten aus dem ›Völkischen Beobachter‹ beklebt und gingen auf den winzigen Hinterhof hinaus. Mehrere dunkelbraune Flecken auf dem Fußboden weckten Mellerts Interesse. Er merkte es sich für die Spusi, die nachher hier nachspüren sollte.

Federer öffnete die letzte Tür und ließ Mellert den Vortritt. Ein riesiges Buffet mit verglastem Tabernakel beherrschte den Raum. In der Mitte, wie überall in den gutbürgerlichen Wohnungen, ein runder Tisch, auf dem eine Vase mit vertrockneten Rosen stand, und vier Polsterstühle. Auch hier roch es dumpf und nach abgestandener Luft. Dem mit einer Plane verhangenem Fenster gegenüber thronte ein mächtiges grünes Plüschsofa, darüber die Reproduktion eines röhrenden Hirsches. Den Boden bedeckte ein abgetretener Teppich. Ein niedriges Wandbord stand neben der Tür, auf dem zwei Bücher standen.

»Ausgeflogen«, konstatierte Federer. Mellert zuckte mit den Schultern. Er hatte so etwas erwartet. Nein, was er suchte, war ein Hinweis darauf, wo sich dieser Malkowski eventuell umhertreiben konnte, denn die Wohnung war schon seit langer Zeit unbewohnt.

»Was machen Sie hier?« Mellert fuhr herum. Ein Zweimetermann stand im Türrahmen. Als er Federer sah, entspannte er sich.

Mellert zog seine Marke. »Kriminalpolizei. Wer sind Sie?«

»Der Vermieter. Ich dachte, der Kerl wäre zurück und ich könnte endlich meine Miete kassieren.« Der Mann sah angeekelt über Mellerts Schulter. »Das habe ich mir doch gedacht.«

»Lassen Sie uns nach draußen gehen, Herr …?«

»Lindemann. Ich wohne gegenüber.«

Mellert machte Federer mit der Hand ein Zeichen. Er solle weitersuchen, bedeutete sie.

»Nun, Herr Lindemann, wer ist dieser Herr Malkowski?«

»Hat er was angestellt? Ich hatte schon immer so ein Gefühl.«

»Sie haben meine Frage noch nicht beantwortet.«

»Äh, ja. Der Malkowski. Ich dachte«, damit standen sie auf der Straße, »das ist ein ruhiger Kerl. Ordentlich gekleidet, er soll im Hafen arbeiten, als Hilfsbuchhalter. Die Miete hat er für drei Monate im Voraus bezahlt. Aber nun ist er seit zwei Monaten im Rückstand.«

Mellert schrak auf. Hafen? Die stillgelegten Silos! »Warten Sie hier, Herr Lindemann. Ich muss mal kurz telefonieren.«

»Das können Sie auch bei mir«, bot der Riese Mellert an. Sie liefen nach gegenüber. Während Lindemann umständlich die Haustür aufschloss, brannte unter Mellert Schuhen die Straße.

Im Flur hing das Telefon gleich in der Nähe der Eingangstür. Es roch nach abgestandenem Bier und Kohlsuppe. „Bitte", sagte der Vermieter.

»Danke.« Mellert wählte eine fünfstellige Nummer und liess sich verbinden. »Piper! Schnappen Sie sich ein Überfallkommando und kämmen Sie den Hafen durch. Holen Sie sich vorher fernschriftlich einen Durchsuchungsbefehl vom zuständigen Richter. Was? Brauchen wir nicht? Seit wann das?«

»Gefahr im Verzuge«, erklärte Piper. »Seit der Notstandsverordnung kann die Polizei ohne richterlichen Beschluss jedes Anwesen betreten und durchsuchen.«

Mellert erinnerte sich dunkel, davon gehört zu haben. »Egal wie." Momentan schien das nicht wichtig, aber ein ungutes Gefühl kroch von Mellerts Magen ausgehend zu den Schultern. „Fangen Sie bei den stillgelegten Speichern an. Gleich den ganz vorn!« Mellert erinnerte sich an eine Fußspur in der Küche des Malkowski. Es hätten Kalk- oder Mehlspuren sein können. »Und rufen sie die Spusi zusammen. Sie sollen in die …« Der Inspektor sah sich um. An der Hauswand entdeckte er das Straßenschild. Er rief den Namen durchs Telefon. »Sie treffen mich am Hafen. Wo? Da lag doch so ein rostiger Kahn. Dort!«

»Danke, Herr Lindemann. Bitte halten Sie sich zu unserer Verfügung. Wir melden uns bei Ihnen. Geben Sie bitte dem Wachtmeister ihre Anschrift. Federer!« Mit schnellen Schritten ging Mellert zurück zu Malkowskis Wohnung.

»Nicht weiter Besonderes, Herr Inspektor«

»Hm. Sie warten auf die Spurensicherung. Wenn die hier sind, kommen Sie zum Hafen. Ich brauche jeden Mann!«

Gertrud schrie vor Schmerzen auf, als sie aus der Ohnmacht erwachte. Sie hing bäuchlings an der Leiter. Das grobe Hanfseil schnitt ihr in die Hand- und Fußgelenke und trennte ihr das Blut ab. Genauso die harten Leitersprossen, die sich gegen Brust, Bauch und Oberschenkel pressten. Sie konnte sich nicht bewegen, denn sie war auch an Bauch und Oberschenkeln gefesselt. Herbert stand hinter ihr. Sie roch es und hörte sein atmen. Was wollte er von ihr? Was hatte sie ihm denn getan? Sie spürte seinen heißen Atem in ihrem Nacken und dass ihr etwas Spitzes in den Rücken stach oder kniff.

»Na, gefällt es Dir?« Thießes Stimme besaß keine Freundlichkeit mehr, keine Wärme, sie war rau und klang erregt. Gerda schrie vor Schmerz und Angst.

»Ja«, flüsterte er, »ja, schrei es heraus. Kannst so laut sein, wie du willst. Hier hört dich keiner.« Etwas Warmes, Hartes drückte gegen ihren Po und etwas Warmes, Feuchtes spritzte auf ihren gemarterten Rücken und lief abwärts. *Doch nicht etwa …* konnte sie eben noch denken, dann verursachte er ihr wieder einen dieser wahnsinnigen Schmerzen, nur an einer anderen Stelle. »Bitte, bitte …«, sie konnte nur noch flüstern. »Gerne doch«, flüsterte ihr Thieße ins Ohr und wieder fuhr ein spitzer Schmerz durch ihren Körper. Gertrud fiel in Ohnmacht.

RETTUNG

Der Hafenbetrieb war schon seit dem Weltkrieg heruntergefahren. Der Ausbau des Hafens in Stralsund und der seit 1914 von Kaiser Wilhelm eröffnete *Hohenzollernkanal* zwischen Hohensaaten und Plötzensee in Berlin hatten den Verkehr auf der Peene in die Bedeutungslosigkeit sinken lassen. Nur langsam begann wieder ein schüchterner Aufschwung, seit wieder mehr Militär in Anklam war und die Zuckerfabrik voll arbeitete.

Heute lag der Hafen in friedlicher Ruhe. Die Speicher und Silos standen, wie eh und je, ziegelrot am Kai. Ein paar Lastkähne waren festgemacht. Doch es war still. Meist begann der Betrieb erst richtig am frühen Mittag. Mellert sah sich um. Der neue hohe Speicher interessierte ihn vor allem. Unruhig lief Mellert auf und ab, sah immer wieder zur Stadt, von wo aus die Kollegen kommen mussten. Dann hörte als erstes das Martinshorn des Überfallkommandos und später die helle Hupe ihres Dienstwagens. Piper war im Anmarsch. Und da kamen sie auch schon um die Ecke: zwei Mannschaftswagen und dahinter Pipers Auto.

»Absitzen!« Zwanzig Polizisten sprangen von ihren Fahrzeugen und traten an. »Das ist alles, was ich zusammentreiben konnte«, meldete Piper ein wenig atemlos.

»Das muss genügen.« Mellert trat zu den angetretenen Polizisten. »Meine Herren! Wir suchen einen Mann, von dem ich annehme, dass er sich hier im Hafen aufhält.« Piper verteilte Fotos von Malkowski. »Achtung, er ist gefährlich und wahrscheinlich auch bewaffnet. Egal wie, nehmen sie ihn fest, wir brauchen ihn lebendig!« Er sah den Leutnant der

Schutzpolizei an. »Zuerst diesen Speicher! Soviel ich weiß, ist er unterkellert. Suchen sie vorrangig dort. Und schnappen Sie sich jeden, der wegrennt.«

Der Leutnant salutierte. Er warf einen kurzen Blick auf das Terrain und begann seine Leute einzuteilen. Fünf Mann wurden für den Speicher abgestellt. »Piper, wir folgen den Kollegen.« Mellert zog seine Dienstpistole, ließ sie aber noch gesichert.

Malkowski hielt ein. Das Weib war schon wieder ohnmächtig. Er zog seine Hosen hoch. Bis hierher war er befriedigt. Dieses Weib würde er sich für länger aufheben. Sie hatte so etwas … Er betrachtete die Wunden, die er ihr beigebracht hatte. Er rümpfte unzufrieden die Nase. Die anderen waren zu schnell gestorben. Diese hier hielt wohl mehr aus. Wieder überfiel ihn eine Welle der Lust, als er den nackten, blutigen Körper sah. Die weiße, weiche Haut, der runde Hintern. Und er hasste sie, wie seine Stiefmutter und die Großmutter. Weibsvolk! *Sie* hatten zugelassen, dass der Großvater sich an ihm vergehen konnte. Sie waren schuld an seinem verkorkstem Leben! Dass er im Gefängnis für die anderen da sein musste, wie für seinen Alten! Er hasste sie! Er musste – er musste – seine Hand fand das Messer auf der Werkbank, ohne dass er hinzusehen brauchte – er *musste* sie strafen! Ihnen zeigen, was man ihm angetan hatte. Mit beiden Händen hielt er das Messer hoch. Nur noch ein wenig stechen! Nicht tief, nicht doll … Wieder übermannte ihn das Lustgefühl. Er sah jetzt seine Großmutter, wie sie ihm den Rücken zudrehte und langsam das Zimmer verließ, in dem sie hausten. Und er fühlte den Alten hinter sich, seine Blicke, seinen Atem und spürte die gleiche Angst und Wut wie damals. Doch dann verhoffte er. Die roten Kreise vor seinen

Augen, das Summen in den Ohren und der Druck im Kopf hatten aufgehört. Dafür hörte er – leise, sehr leise – die Sirenen von Polizeifahrzeugen. Nein, er wollte nicht wieder in den Knast. Nicht wieder Schwerin! Jeden Tag wurde er dort vergewaltigt. ›die V… vom Dienst‹ hatten sie ihn genannt, und ›Schönling‹, weil er so weiß war und sich nicht wehrte, und man rief ›Schrankdienst‹, und schubste ihn in die Kleiderkammer. Nein! Nie wieder Schwerin. Nie wieder diese Schmerzen! Malkowski warf das Messer auf die Werkbank. Mit einem bedauernden Blick sah er auf sein ohnmächtiges Opfer. Er musste schnell weg! Sie kommen immer näher. Aber ich komme wieder! „Ich komme wieder!"

Mellert blinzelte. Die Sonne draußen hatte ihn verblitzt. Er und seine Kollegen warteten ein paar Sekunden, bis sie sich an die Dämmerung gewöhnt hatten. »Achten sie auf die Spuren im Staub, meine Herren«, flüsterte er.

Der Leutnant ging vor. Der Schein der Taschenlampen lief ihnen voraus. Angespannt sahen sie auf den Boden. Ein Gang zweigte ab. Er machte mit der rechten Hand ein Zeichen; drei Finger und wies in den Gang. Drei seiner Männer bogen leise ab. Sie gingen weiter. Hier waren Spuren von Stiefeln zu erkennen. »Da lang«, flüsterte der Leutnant.

Eine Eisentür quietschte und krachte dann zu, schnelle Schritte entfernten sich. Mellert schoss nach vorne. Er hatte jede Vorsicht verloren und rannte in den nächsten Gang. »Herr Inspektor …«, hörte er den Leutnant laut flüstern, doch da war Mellert schon einige Meter im Gang verschwunden. Zwanzig Meter weiter öffnete sich eine Tür, ein Schatten verschwand nach draußen, die Tür krachte zu. »Schnappen Sie sich den Kerl!«

Der Leutnant und seine Leute liefen los. Eine Trillerpfeife schrillte, Befehle wurden laut gerufen.

»Piper, Sie bleiben bei mir. Suchen sie jeden Kellerraum ab.« Den vorderen Teil, hoffte Mellert, konnten sie sich sparen. Sie begannen in der Mitte.

Gertrud erwachte. Endete denn dieser Alptraum niemals? Sie hörte es rufen, laute Stimmen und Trillerpfeifen. Draußen auf dem Gang hörte sie eilige Schritte. Gertrud wollte rufen, doch nur ein trockenes Krächzen kam über ihre gesprungenen Lippen. *Bitte, wenn es einen lieben Gott gibt, bitte holt mich hier heraus!* Gertrud hörte Türen schlagen. »Hallo, hier ist die Polizei! Wo sind Sie?« *Hier, hier bin ich,* dachte Gertrud und glaubte, sie würde es rufen, *ich habe solche Schmerzen! Bitte, bitte!* Da wurde schon die Tür aufgerissen. »Piper! Hierher!« Eine laute, tiefe Männerstimme. Wieder überkam sie Angst. Sie konnte sich nicht umsehen. Nur die nackte, kahle Wand mit den Flecken, Blutflecken, wie sie jetzt wusste, zu denen sich auch ihr Blut gesellt hatte, und ein Stück des Kellers rechts und links war in ihrem Blickfeld.

Jemand berührte ihre Schulter. Sie zuckte zusammen. Dann hörte sie eine tiefe, sanfte Stimme. »Keine Angst, Fräulein Laschke. Wir sind die Polizei. Sie sind gerettet.« Gertrud fiel in sich zusammen. Gerettet! Der Albtraum hatte ein Ende! Tränen stürzten ihr aus den Augen. Gerettet! Endlich konnte sie wieder weinen, vor Erleichterung.

Und während Mellert und Piper Gertrud Laschke von ihren Fesseln befreiten (»Vorsicht Piper, *Vorsicht!*«) und Piper sie auf die Arme nahm und jemand eine Decke über sie legte und aus dem Keller heraustrug, und Piper dabei weinte, wie er seit seiner Kindheit nicht mehr geweint hatte, begann oben im Hafengelände eine wilde Jagd.

Mellert kam schwitzend und mit immer noch gezogener Pistole aus dem Speicher. Oben erwarteten ihn Keller und seine Spurensicherer. Ihre Gesichter waren ernst und hart. »Wir kriegen ihn«, flüsterte Keller Mellert zu. Dann winkte er seinen Leuten. »Das kleinste Staubkorn, Kollegen. Wir drehen es viermal um, wenn es sein muss.« Dann verschwanden sie in der Dunkelheit.

Mellert stand verloren auf dem großen Platz vor dem Speicher. Und einsam standen die Mannschaftswagen der Schutzpolizei, bewacht von Wachtmeister Federer. Ein paar Schiffer hatten sich neugierig dazugesellt. Mellert brauchte nur noch warten. Fräulein Laschke war gerettet. Piper war mit ihr ins Krankenhaus unterwegs. Der war Fall gelöst. Gelöst? Erst wenn sie den Malkowski hatten

Mellert spannte sich. Er hörte Rufe, einen Schuss, noch einen. Sie werden doch nicht …? Mellert machte einen Schritt in die Richtung des Lärms.

»Wir haben ihn!« Als Erster bog der Leutnant um die Ecke. Stolz war in seinem Gesicht. Hinter ihm schleiften zwei Polizisten einen blassen Mann in Unterhosen. *Ja,* dachte Mellert zufrieden, als er in dem Mann Malkowski erkannte. W*ir haben ihn. Endlich!* »Nach Anklam mit dem Kerl, in die Inspektion. Schließen Sie ihn sehr gut an und ein. Wir hören uns morgen an, was er zu sagen hat, und dann geht es ab, nach Berlin!« Mellerts Stimme klang zufrieden. Doch noch war der Tag nicht zu Ende.

»Ich komme nach.«

Mellert schob seinen Hut in den Nacken. Dann legte er die Hände auf den Rücken. Er war sehr, sehr zufrieden und blinzelte in die Sonne. Ein schöner Tag, den er heute mit seiner Marie feiern würde.

ERKENNTNISSE

»Malkowski, Werner.« Schmittchen betete die Biografie des Verhafteten herunter, soweit sie ihnen bekannt war. »Sie müssen nicht nicken, Malkowski. Sollten Sie Ergänzungen haben, sagen Sie es.« Federer hatte Malkowski Kleidung aus dessen Wohnung gebracht. Nun saß er, an Händen und Füßen gefesselt, vor ihnen. Kein Tisch war dazwischen, Mellert und Schmittchen hielten Abstand. Malkowski saß klein und zusammengekauert auf vorderen der Kante des Stuhles. Er wiegte sich hin und her. Manchmal hielt er den Kopf gesenkt, dann sah er kurz die Kriminalisten an und dann wieder zur Decke. Er schien ruhig, kein Finger bewegte sich, der Atem ging gleichmäßig. Es war, als hätte er mit allem abgeschlossen. War er jetzt erleichtert oder gleichgültig und völlig emotionslos oder wusste er nicht, was er getan hatte? Zwischen dem Verdächtigen und den Kommissaren war die Luft frostiger als in der Arktis. Gertrud Laschke war noch im Krankenhaus und erholte sich langsam. »Nein, keine Vernehmung. Warten Sie, bis ich es ihnen erlaube«, wehrte der Arzt ab. „Die inneren Blutungen konnten gestoppt werden. Sie hat eine Riss in der Niere, eine Rippe ist in die Lunge geraten. Gott sei Dank nicht tief. Die Milz ist auch betroffen, wird aber wieder heilen. Sie ist ein kräftige Fräulein, Herr Mellert.“

Immer noch litt sie an großen Schmerzen. Noch immer schrak sie auf, wenn sie ein Geräusch hörte oder Stimmen auf dem Flur. Und obwohl sie den Verbrecher hatten, bewachten zwei Polizisten das Krankenzimmer, um unter anderem die Presse fernzuhalten.

Die Tür des Verhörzimmers flog auf. Ein SS-Mann stand im Türrahmen. »Heilter!«, brüllte er und riss den rechten Arm hoch. Schmittchen war aufgesprungen, Mellert drehte sich langsam um. »Verdammt, was machen Sie hier?«

»Wir holen den Kerl ab. Volksschädlinge, wie der da sind Angelegenheit der SS!«

»Wie kommen Sie darauf, Herr -?«

»Obersturmführer Bremer. Gestapa Anklam.«

»Obersturmführer.« In dem Wort klang alle Abneigung, die Mellert gegen die schwarze Zunft hatte mit. Mellert zeigte mit dem Finger auf Malkowski, der neugierig auf den SS-Mann sah: »Noch ist es unser Fall und unser Mann.«, er schob den SS-Mann sanft nach draußen, »Wir haben Fragen an den Gefangenen und in dem kleinen Raum da, stören zu viele Leute. Glauben Sie einem alten erfahrenen Kriminalisten. Und, wie gesagt, ist es unser Mann.« Der Obersturmführer ließ sich willig hinauskomplimentieren. »Wenn Sie Ansprüche geltend machen wollen, wenden Sie sich nach Berlin an Kriminalrat Gennat im Polizeipräsidium. Auf Wiedersehen.«

»Aber ...«

»Berlin. Polizeipräsidium. Mordinspektion, Kriminalrat Gennat, ja?«

Der SS-Mann schnaufte. »Sie hören von uns!« Wieder riss der Schwarze den Arm hoch. »Heilter!«

Mellert schüttelte den Kopf. Er schloss sorgsam die Tür und setzte sich auf seinen Stuhl. Noch war es nicht so weit, dass sich die Parteiorganisationen der NSDAP intensiv in die Angelegenheiten der Polizei einmischten. Doch es gab immer mehr Versuche und es würde nicht mehr lange dauern, bis die Nazis auch bis in die kleinste Ecke und den winzigsten Spalt ihre Nasen steckten. Ein paar Jahre später schon zog die SS die so genannten schweren Fälle an sich heran. Schon jetzt nannten die Nazis die mehrfach vorbestraften Kriminellen, Berufsverbrecher, Volksschädlinge und Asoziale, die ›ausgemerzt‹ werden müssten. Was Mellert sich darunter vorstellen konnte, war zu abwegig, als dass er daran glauben konnte. Ausmerzen, ein beliebtes Wort bei den Nazis. Aber was konnte er dagegen tun? Nichts! Das war das Schlimme. Und wie schlimm konnte es noch werden?

»So, das haben wir geklärt, Herr Malkowski. Entschuldigen Sie die Störung. Und nun zu Ihnen.«

Und nun war es, als wenn ein Damm gebrochen wäre. Malkowski redete. Mellert hatte alle Mühe, den Redefluss des Verdächtigen in geordnete Bahnen zu bringen. Die Stenotypistin schrieb eifrig, und ständig den Kopf schüttelnd, mit. Darüber wurde es Mittag und Nachmittag.

Mellert hatte genug, und Piper stöhnte leise. »Gut. Hören wir an dieser Stelle auf.« Mellert erhob sich und reckte die Glieder. »Wachtmeister! Bringen Sie Malkowski in die Zelle.« Und zu seinen Kollegen: „Schön, dass der Mann jetzt redet. Ab morgen bringen wir das in geordnete Bahnen. Guten Abend, meine Herren.“

Draußen, vor der Inspektion, sagte Schmittchen: »Das reicht für wochenlange Albträume.« Er schüttelte sich. »Wiedersehen, Herr Mellert. Ich brauche jetzt ein, zwei Bier und ein Gespräch unter normalen Leuten.«

»Nacht.« Mellert zog es mit Macht nach Kloster. Er sprang in sein Auto und jagte davon, Richtung Stralsund und erreichte noch die vorletzte Fähre nach Altefähr.

169

Langhans paffte an seiner Pfeife. Er stand gelassen, wie immer, im Ruderhäuschen und steuerte lässig seinen Kutter über den Bodden. Ein Wind war aufgekommen, wodurch sich der leichte Kutter sanft in den Wellen wiegte. Der Leuchtturm auf dem Dornbusch sandte seine Signale über das Wasser und die Lichter von Kloster blinzelten in der klaren, kühlen Luft. Mellert atmete tief die salzige Luft ein und aus. Der Tag lag ihm immer noch in den Knochen. Und obwohl er fix und fertig sein musste, war er aufgeregt wie ein kleiner Junge. Heute würde er seinen Grundsatz brechen. Er musste mit jemanden darüber reden.

Mit Marie! Die saß mit angezogenen Beinen in ihrem Sessel und hörte zu. Mit ihren großen, schönen Augen sah sie ihren Mann an. Es waren nicht die Worte, nicht das, was er sagte, was sie bewegte. Es war der Mann, der vor ihr saß und eine tiefe Menschlichkeit ausstrahlte. Jemand, der ständig mit den schwersten Verbrechen zu tun hatte, öffnete sich ihr zur ersten Mal vollständig. Sie entdeckte einen neuen Mann. Voller Mitgefühl für die Opfer. Einen, dem auch das Wasser in die Augen trat, wenn er die Opfer beschrieb, der mitfühlte. »Was ist mit solchen Menschen los, Marie?«

»Jemand hat ihn zerbrochen. Wer weiß, was man ihm angetan hat, dass es eine solche Wut hervorgebracht hatte. In ihm steckt der Wunsch nach Vergeltung und Befriedigung. Eine schreckliche, nicht zu kontrollierende Wut. Sie bricht immer dann aus, wenn der Mensch erregt ist. Sie steigert sich, bis sie sich nicht mehr dagegen wehren kann.«

Mellert sah erstaunt auf. Woher wusste Marie, was solch ein krankes Hirn, wie das des Malkowski bewegte? »Ähm, woher …?«

»Mein Vater gab öfter eine Soirée. Da waren viele interessante Leute anwesend. Unter anderem ein Freund meines Vaters, ein Psychologe. Sie sprachen oft von seinen Fällen während des Abendessens. Zum Ärger meiner Mutter. Natürlich hatte ich nachgefragt. Ich fand es spannend, was er so erzählte. Und Dein Fall scheint ähnlich zu sein, wie der einiger Insassen in der Irrenanstalt des Freundes.«

»Das wird es sein«, sagte Mellert nach einiger Zeit der Überlegung. »Seine Kindheitserlebnisse haben ihn kaputt gemacht, wohl diese Wut aufgestaut. Sie richten sich gegen Schwächere, nicht gegen die Ursache der Wut. Die steckt in ihm drin. Aber alles wirkt irgendwie zusammen.« Und dann, am Ende seines Berichtes wurde zum Erstaunen Maries, Mellert politisch. Er, der bisher unpolitische Mellert, der nur gegen das Verbrechen kämpfen wollte, sagte: »Ich will nicht Teil dieses mörderischen Systems werden, Marie. Aber ich weiß nicht, was ich tun soll.« Er sah zur Uhr, die an der Kaminwand hing. »Aber vorher ist Malkowski dran. Dann …«. Er beuge sich zu Marie. »Schon drei. Gehen wir zu Bett?«

Beim Frühstück grinste er wieder dieses Mellert-Grinsen. »Wenn jemand behauptet, der Morgen sei klüger als der Abend, hat er sich gründlich geirrt.« Marie wusste, was er meinte. Sie strich ihm sanft über die Wange. »Du schaffst das, Mellert.«

»Wir schaffen das, Frau Mellert. Wir beide. Wir werden eine Lösung finden.« Er blieb noch in der Tür stehen, rückte energisch seinen Hut zurecht. »Übermorgen", Mellert sah auf den Kalender, »ist der fünfte Oktober. Da fahre ich nach Berlin, den Kerl in die Untersuchungshaft überstellen und die letzten Protokolle anfertigen. Dann nehmen wir Urlaub. Was meinst Du zu Venedig?«

Marie nickte. »Oh ja. Venedig!«

DAS VERHÖR

Gennat und Gebbert hatten darauf bestanden, dass Malkowski unverzüglich nach Berlin zu überstellen sei und dort auch verhört werden solle.

Der Albtraum ging weiter, die Zuhörerschaft war größer geworden. Neben Mellert und Schmittchen waren Gebbert dabei und Piper und der Obersturmführer von der Gestapa. Als Gebbert den Mann sah, zog er die Augenbrauen hoch: »Sie halten sich bitte zurück, Obersturmführer. *Ich* führe hier das Verhör, klar.«

»Klar, Herr Inspektor. Ich höre nur zu.« Er sah sich suchend um. Der Wachtmeister ging kurz nach draußen und brachte einen Stuhl für den Obersturmführer mit.

»Fangen wir ganz von vorne an. Nachdem wir Person, Ort, Zeit und Umstände im Wesentlichen geklärt haben, Herr Malkowski." Mellert war ganz die Gemütlichkeit und schien auf höchste verständnisvoll. „Eine Frage bewegt mich, uns: Hatten Sie schon vorher, ich meine, bevor Sie die erste Frau getötet hatten, solche Anwandlungen?"

Malkowski runzelte die Stirn, als müsse er nachdenken. „Nee, Herr Kommissar. Dis ist mir plötzlich überkommen. Ick meene, eigentlich wollte ick nicht von Mädchens."

„Nichts wissen, oder was?"

„Jaja. Nischt wissen, wissen Se. Se ham mir nich interessiert."

„Aha. Aber warum sprachen Sie die Frauen dann an?"

„Ick wollte se nur fi…"

„Aha", unterbrach Mellert. „Und da sie nicht willig waren, haben Sie sie umgebracht."

„Kann sin." Malkowski hob uninteressiert die Schultern.

Eine Pause entstand. „Sie sprachen vom Jahr neunzehnhunderteinundzwanzig. Da waren Sie dreiundzwanzig Jahre alt. Plötzlich interessierten sie sich für Frauen?"

„So ähnlich, Herr Kommissar. Et ist üba mia gekommen."

„Aha. So. Also über Sie gekommen. Wie war das damals? Wie haben Sie die Frauen kennengelernt oder sich an sie herangemacht?« Malkowski sah in die Runde. Für ein paar Sekunden, die Mellert vorkamen wie Minuten, herrschte atemlose Stille. Redet er nun oder ...?

Und da sprach Malkowski nahezu ohne Unterbrechung und beschrieb en detail sechzehn Morde. „Dis war hier in Anklam. Da war so'n Mädel. Hat in die Peene jebadet ..."

Nach zwei Stunden und einer angemessenen Pause ging das Verhör weiter. „Haben Sie sich die Frauen ausgesucht?"

„Nee, det war ganz einfach. Beim Tanzen oder im Biergarten. Und denn sind wa wechgegangen.«

»Mussten sie etwas Besonderes haben?«

»Nö. Die sin zu mir gekommen." Malkowski sah die Kriminalisten schlau an. "Ick habe nur uff Arsch und Titten geguckt. Wir sin hier unter Männer, nich?« Er machte eine entsprechende Bewegung. Mellert ließ sich nicht provozieren. Ohne das Gesicht zu verziehen, fragte er weiter: »Noch einmal zurück zu 1921. Wir müssen Sie genauer zum Hergang befragen. Es ist wichtig für Sie.«

Malkowski holte tief Luft. „Verstehe." Er blicke nach innen. »Is lange her, das.«

»Erinnern Sie sich. So was vergisst man nicht.«

»Stimmt. Ick war das erste Mal, gloobe ick, verliebt.«

»Na also. Reden Sie! Wie war das erste Mal? Wann genau war das?«

Und Malkowski nickte und redete und schien vollkommen entspannt. "Also det war so."

Immer wieder den Kopf schüttelnd notierte die Stenotypistin:

»Zur Sache äußerte er (Malkowski) sich folgendermaßen:

Ich gebe zu, die mir vorgeworfenen Taten begangen zu haben.

Wann war das erste Mal?

»Das muss am 23. oder 24. Juni 1921 gewesen sein. Ich traf auf dem Uferweg der Peene eine junge Frau. Sie kam aus dem Wasser, weil sie eben gebadet hatte.

Sie meinen in der Peene bei Anklam?

Ja. Sie gefiel mir und ich sprach sie an (Beschuldigter ergeht sich nunmehr in der Beschreibung des Opfers – siehe Akte II, Fach 23).
Wir gingen ein Stück. Als ich sie anfassen wollte, wehrte sie sich und schrie mich an, ich solle aufhören und mich trollen.

Sie haben aber nicht aufgehört?

Nein. Die Frau gefiel mir eben. Als ich sie dann küssen wollte, wehrte sie mich ab und begann, mich anzuschreien, ich solle aufhören und mich trollen.

Was taten Sie?

Ich schlug ihr ins Gesicht, ja.

Wieso? Einmal oder mehrfach? Ich meine, das Schlagen?

175

Ich denke ein paar Mal. Ich kann es nicht leiden, wenn mich jemand anschreit. Verstehen Sie?

Und dann? Was taten Sie dann?

Sie stürzte zu Boden und schrie immer noch. Ich wollte das nicht und habe ihr den Mund zugehalten. Dann war sie still.

Haben Sie die junge Frau gewürgt?

Kann sein. Sie war jetzt ruhig.

Haben Sie ihr die Kehle durchgeschnitten? Oder etwas abgeschnitten? Die Hände, zum Beispiel?

Das kann sein. Nee, habe ich nicht! Ich habe sie in die Peene geworfen. Sie trieb schnell ab. Die Hände? Ob ich ihr was abgeschnitten hatte? Daran kann ich mich nicht erinnern.

Verspürten Sie damals Reue?

Nein. Ich glaube, ich war sehr ruhig. Sie war endlich still. Da war ich zufrieden.

Was taten Sie dann? Hatten Sie keine Angst, gesehen worden zu sein?

Nö. Es war ja dunkel. Sehr finster, ja? Ich ging einen trinken, glaube ich. Das mache ich immer. Oder (ich) *ging ins Bett* (Beschuldigter hebt die Schultern).«

Mellert fühlte nach der Beschreibung des vierten Mordes, dass sie an dieser Stelle eine Pause brauchten. Eine Stunde später traf sich der gleiche Kreis. Malkowski wurde vorgeführt.

»Weiter, Herr Malkowski. Reden wir über Usedom.«
Schmittchen sah in die Protokolle. »Sie waren von 1922 bis
einunddreißig auf dem Darß. Sie haben zehn Frauen
umgebracht, haben Sie angegeben. Können Sie sich
erinnern? Kennen Sie die Namen.«

»Nee. Mädchen ebend. Habe ick mir nicht gemerkt.«

»Die Namen waren ihnen egal, ja?«

»Hm. Sachte ick doch. Wozu soll ick mir so wat
merken?«

»Haben Sie sich ihnen genähert, in der Absicht, sie
umzubringen?«

»Ha ick nich, Herr Inspekter. Ick wollte doch bloß nett
sein.«

»Eine seltsame Art, nett zu sein.« Mellert mischte sich in
das Verhör, das heute Schmittchen führte. »Ich kenne das
anders. Nun ja. Und dann? Haben Sie sie betrunken
gemacht?«

»Hab ick nich! Wir sind nur in den Wald, verstehen Se?«

»Warum? Um sie zu vergewaltigen und umzubringen?«

»Nee, wollte ick ja nich.« Malkowski hob beleidigt die
Schultern.

»Sondern?«

»Naja. Um se zu pimpern, wenn Se vastehn wat ick
meene? Aber die haben sich denn gewehrt, wissen se. Die
haben geschrien und eene hat mir sogar gekratzt.«

»Die wollten nicht so wie Sie - Ja?«

»Ja. Und denn, weil se nich aufgehört haben ...«

»Haben Sie sie gewürgt!«

»Ne, ne Schelle gegeben. Die sollten nich so
rümbrüllen.«

»Eine Schelle?«

»Ja. Aber sie haben nicht aufgehört. Denn hab ick sie am Hals jefasst. Meine Oma hat och immer so geblökt.«

Mellert sah sich erstaunt um. Was hatte Malkowskis Oma damit zu tun? Eine Frage lag ihm auf der Zunge. Danach musste er später fragen. »Sie haben sie erwürgt?«

»Det kann sein, Herr Kriminal.«

»Das kann sein? Wissen Sie's nicht?«

»Nich genau. Aber die waren denn still.«

»Was haben Sie mit den Frauen dann getan, Malkowski?«

»Ich hab‹ sie ins Wasser geschmissen. Ach nee, dreie in den Müggenbusch oder so. Na, den Wald da.«

»Ich meinte, nachdem die Damen ›still‹, waren? Haben sie die armen Frauen vergewaltigt?«

Malkowski wurde rot. Er nickte.

»Nachdem sie tot waren oder während sie die Mädels gewürgt hatten?«

»Kann sin.«

»Mensch, das müssen Sie doch wissen?« Mellert war unversehens laut geworden.

»Nee! Wees ick nich mehr!«, brüllte Malkowski eigensinnig.

»Brüllen Sie hier nicht herum.« Malkowski sackte in sich zusammen. Auf Befehle aus Männermund reagierte er sofort.

»Ick habe sie wohl – sie war'n ja jetze still.«

»Hm. Und das war alles, ja?« Malkowski nickte mit gesenktem Kopf. »Also wohin haben sie die Opfer gebracht?«

Schulterzucken. »Ostsee und innen Wald.«

»Und wissen Sie noch wo?«

»Kann sin.« Malkowski schob die Unterlippe vor und drehte nachdenklich die Augen nach oben. »Kann sin.«

»Gut, dazu kommen wir später noch mal. Sie werden uns helfen.« Malkowski nickte ergeben. »Wenden wir uns Anklam und Hiddensee zu, Herr Malkowski.«

»Ja?«

»Warum Anklam und Hiddensee?«

»Ne schöne Insel.«

»Das wissen wir. Warum Hiddensee? Sie waren des Öfteren dort?«

Nicken. »Mit dem Ollen.«

»Nele Mellenthin, Antje Kramer, Frederike Klauser, Josephine Müller, Marte Scholz, Hermine Meierhof, Agnes Klausner. Sagen Ihnen die Namen etwas? Und Gertrud Laschke? Und weitere sechs Frauen, deren Namen wir nicht kennen?« Malkowski zuckte mit den Schultern, schob die Unterlippe vor. »Wer sind die?«

»Es sind durchweg *Ihre* Opfer! *Sie* haben sie umgebracht! *Sie* haben die Mädchen niedergeschlagen, gefoltert und erstochen, erwürgt und verstümmelt! Sie haben die jungen Frauen missbraucht, Sie …!« Wieder hatte Mellert die Haltung verloren. Er ärgerte sich über sich selbst. Für einen Moment wollte er sein Gegenüber schlagen, er wollte ihn leiden sehen. Doch als er in das Gesicht Malkowskis blickte, erkannte er Erstaunen, dass sich mit Gleichgültigkeit abwechselte. Er atmete tief durch.

»Wie haben Sie Ihre Opfer auf die Insel geschafft? Immerhin begingen Sie Ihre Taten in Anklam, nicht wahr?«

Malkowski nickte: »Mit'n Kutter vom Alten.«

»Name.«

»Wat für n… – ach den vom Kutter? Frederike, nach der Alten.«

Mellert drehte sich zur Tür. »Spusi! Suchen!« Dann wandte er sich wieder dem Verhör zu.

„Mit einem Kutter, ja? Und niemand hat etwas bemerkt?"

„Bin denn mit ’n Beiboot rüber."

»Nachts? Immer nachts?«

»Nö. Ick hab die einfach injeladen wenn se stille warn, und bin denn rübergeschippert.«

»Und niemand hat sie gesehen?«

»Is doch tote Hose da.«

»Glauben Sie an Gott? Sind Sie in die Kirche gegangen?«

»Ja. Der Alte wollte det so. Und ick gloobe, ick gloobe schon an Jott.«

»Deshalb haben Sie die Opfer mit dem Kopf nach Westen abgelegt, ja?«

Malkowski nickte.

»Wegen der Auferstehung, dem Jüngsten Gericht. Sie wollten sich vor Gott nicht schuldig machen?«

»Wird wohl so jewesen sein. Ick denke, so war et.«

»Aber die Frauen ...«

»Die waren et!«

»??«

»Schuldig!« Es entstand eine Pause, dann leiser: »Vor dem Herrn.«

Mellert war erschüttert. Wie passten diese kruden Vorstellungen und Ansichten zum Äußeren des Malkowski. Er hatte sich den Mörder völlig anders vorgestellt; nicht wie den freundlichen Nachbarn, wie Malkowski, der vor ihm saß, in einem Anzug, sauber, gepflegt, sondern als dumpfen Gorilla mit Reißzähnen und Krallen an den Händen. Natürlich völliger Blödsinn, wie er sich eingestand, aber irgendwie verständlich. Er atmete tief durch: »Weiter. Sie haben den Opfern die Füße und Hände abgetrennt und sogar das Gesicht entfernt. Warum?«

Malkowski zuckte mit den Schultern. »Ha ick erst danach gemerkt.«

»Danach?«

»Wenn ick wieder sehen konnte, wissen Se.« Im Raum entstand Unruhe. Der SS-Mann zischte: »Lebensunwertes Leben, ausmerzen. Wie die Juden.«

Mellert schnaufte ungehalten. *Nicht ablenken lassen.* Schmittchen hakte nach: »Sie wollen uns also ernsthaft erzählen, Sie wären in dem Moment weggetreten?«

»So war et, Herr …«

Mellert ahnte, was das Bedeuten sollte: Die Frauen sollten nicht vor den Herrn treten dürfen. Es waren Bestrafte, Befleckte vor dem Herrn, sie verkörperten die Erbsünde. Wie Eva, die den Apfel nahm. Sie waren des Teufels. Mittelalterlich! Er erinnerte sich an einen Vortrag Maries über das »Jüngste Gericht« von Michelangelo in der Sixtinischen Kapelle.

»Erzählen Sie von Ihrer Familie, Herr Malkowski.« Mellert wollte tiefer dringen. Er wollte die Ursache dieser, wie sollte er es nennen - Krankheit, Abartigkeit - er fand kein Wort dafür, erkennen. Lag es an seiner Kindheit? Erziehung? Hatte er eine Krankheit oder andere Gebrechen?

»Wat soll ick denn erzählen?«

»Vater, Mutter, Großeltern. Sie hatten doch alle zusammen in einer Wohnung gelebt.«

»Naja, zusammen? Der Alte war ja immer besoffen. Dann hatter die Alte geschlagen, weil die so gekeift …«

»Welche Alte?«

»Mama.«

»Aber, die können Sie doch gar nicht kennen. Sie waren zwei, drei Jahre alt, als Ihre Mutter verstarb.«

»Nee, ick meine die Stief. Is aber irgendwann wechgelofen. Hat ma allene gelassen.«

»Aha. Wie alt waren Sie damals.«

»Sechs, sieben, weeß nich genau.«

»Und dann waren nur noch Großmutter und Vater da, richtig?« Malkowski nickte schweigend.

»War ihre Großmutter gläubig?«

»Und wie! Die hat mir immer vorgelesen.«

»Schön. Was denn?«

»De Bibel.«

Der SS-Mann schnaufte wieder und fing sich einen Blick von Mellert ein. »Is ja gut«, brummte der Schwarze.

»Und Ihr Vater hat sie beide geschlagen?«

Wieder nickte Malkowski, seine Hände bewegten sich unruhig. Mellert spürte, wie erregt der Gefangene bei diesem Thema wurde. Solange sie über seine Taten sprachen, war er ruhig, beinahe sachlich und offenbar gefühllos. Doch nun berührten sie etwas ganz Persönliches!

»Und Ihre Großmutter hat …«

Malkowski brüllte los: »Die alte Vettel! Immer isse rausgerannt, wenn der Alte! – und ick hatte jegloobt, jehofft …«

»Was hat der Alte gemacht, mit Ihnen? Was haben Sie gehofft?«

Malkowski schwieg. Er stierte auf die gefesselten Hände. »Reden Sie mit uns. Werden Sie diesen ganzen Druck los! «

»Er hat … er hat … Nee, kann ich nicht sagen.«

»Was hat Ihr Vater mit ihnen angestellt«, hakte Mellert nach. »Geschlagen?«

»Ooch.«

»Auch? Was, ‹auch›? Wenn er betrunken war? Was hat er -«, jetzt begriff Mellert, »Hat er Sie etwa …?«

Malkowski nickte. Er schlug die Hände vors Gesicht. »Ick will nich wieder innen Knast! Nich wieder zu die Schweren!«, klang es dumpf hervor.

»Du wirst noch ganz Anderes erleben, Scheißkerl«, knurrte Schmittchen und bekam einen bösen Blick von Mellert geschickt.

Mellert legte so viel Verständnis, wie er aufbringen konnte - und das war nicht viel – in seine Stimme: »Verstehe.« Wieder entstand eine Pause, in der man die Männer atmen hörte und das Kratzen von Schmittchens Füllfederhalter.

»Ich werde mich für Sie einsetzen, Malkowski. Hören Sie?« Malkowski nickte. »Aber, Sie müssen uns alles erzählen! Alles!« Mellert sah sich um, erntete Nicken und Zustimmung und Malkowski sah auf. Es war so still, dass man eine Nadel zu Boden fallen hören konnte. Die Stenotypistin war aufgestanden und leise zu Mellert gegangen. »Das halte ich nicht mehr aus, Herr Mellert«, flüsterte sie ihm ins Ohr.

»Gehen Sie ruhig, Frau Wichert«, nickte Mellert, »Wir haben unter uns einen Stenotypisten.« Er gab ihr die Hand. »Vielen, lieben Dank. Schmittchen. Machen Sie weiter?«

Nach einer Stunde machten sie eine Pause. Was Malkowski erzählte, war selbst für den SS-Mann zu hart. Aber außer »ausmerzen« hatte er nichts weiter dazu beizutragen.

Malkowskis Vater hatte ihn schon als kleines Kind missbraucht. Er erinnerte sich beinahe minutiös daran. »Beinah jeden Tach, nich? Vor allem wenner besoffen war.«

»Und wenn Sie nicht wollten?«

»Denn gab's was mittem Riemen. Und denn hab icks gemacht.«

»Was?«

»Jelutscht und jerubbelt und den Arsch hinjehalten. Wie der Alte wollte.«

»Und ihre Großmutter hatte ihnen nicht beistehen können?«

Hass blitzte plötzlich aus Malkowskis Augen. »Die war doch froh, det der mir hatte un nich sie!«

»Ihre Großmutter war schuld, ja?« Malkowski nickte heftig. »Det war se! Und die Stief!«

»Und die Frauen, die Sie umgebracht hatten, auch?«

»Na klar. Erbsünde, vastehn Sie?«

Nein, dachte Mellert. »Was sind Frauen für Sie?«

Malkowski versteifte sich. Er blickte Schmittchen an, dann Mellert, dann den Obersturmführer. »Frauen? Sind Mist, Dreck, nur zum ficken. Sie sind de Erbsünde, hat der Pfarrer immer jesacht. Se sind vaflucht! Und ick kann nich kommen, wenn se schrein.« Er hielt sich mit gefesselten Händen die Ohren zu. »Ick kann det nich hörn!«

Am späten Nachmittag brachen sie das Verhör ab. Immer wieder kreisten die Aussagen um die Schuld der Großmutter und die der Opfer sowie die Brutalität des Vaters. Um Vergewaltigung, um Folter und wie schön es war, die ›Weiber‹ bluten zu sehen, und wie schön sie wären, wenn sie nicht schreien würden. Und dann habe er sie erstochen oder erwürgt, »weil se doch Schuldije waren.«

Schmittchen ging einmal hinaus, um sich zu übergeben, als Malkowski die Folterungen beschrieb. Dessen Augen blieben kalt, die Stimme ungerührt, die Haltung lässig, entspannt. Mellert hatte außer dem Frühstück, nichts mehr zu sich nehmen können. Jetzt kam der Hunger. Auf dem Weg nach Hause schüttelte er immer wieder den Kopf. »Kann man einen Menschen so verbiegen?« Schmittchen zuckte mit den Schultern. »Viele Menschen haben ein schweres Leben und werden nicht zu Verbrechern. Aber viele erleben nicht das, was der Malkowski von klein auf erleben musste. Man muss sich vorstellen, von frühester Kindheit an.« Er sah zu Mellert. »Lebt der Alte noch?«

»Nein. Er soll vor drei Jahren verstorben sein. Von der Großmutter weiß man nichts.« Er schüttelte nachdenklich den Kopf. »Was war das für eine Familie?«

»Keine. Irgendwann ist bei denen etwas auseinandergefallen, zerbrochen. Der Vater soll seit achtzehnsiebzig nur noch gesoffen haben. Daran mag es wohl gelegen haben. Wer weiß, was er erlebt hatte.«

Mellert telefonierte noch lange mit Marie. Wieder war ein Brief angekommen, diesmal aus Amerika. Epsteiner berichtete von einer Ausstellung in New York, bei denen nicht nur Annas, sondern auch Bilder von Marie zu sehen waren. »Und was macht Dein Fall, Mellert?« Marie nannte Mellert immer noch Mellert. Es gefiel ihr so, und dem Inspektor auch. Danach schlief Mellert tief und fest und wurde erst am anderen Morgen von Schmittchen geweckt. »Wir müssen, Herr Inspektor.«

KONSEQUENZEN

Gegen Ende Oktober kehrte Marie Kloster den Rücken und kam zurück nach Berlin. Mellert holte sie vom Seehof ab, mit seinem Auto und noch einem Lastwagen. Langhans, die unvermeidliche Pfeife im Mundwinkel, und er schleppten Stück für Stück aus seinem Kutter zum Lkw. Mellert bezahlte ihn großzügig. So großzügig, dass Langhans die Pfeife aus dem Mund nahm und die Mütze zog: »Denn man vielen Dank, Herr Inspekter. Ick wünsche Ihnen und Ihrer lieben Frau allens Gute, nich? Un blievt gesund.« Das war der längste Satz, den Mellert je von Langhans gehört hatte. Sie umarmten sich kurz. »Machen Sie's gut, Langhans. Immer ne Handbreit Wasser unterm Kiel.«

Am späten Abend saßen Marie und Mellert am Kamin und betrachteten Maries Arbeiten. Der Aufenthalt auf Hiddensee hatte ihr gutgetan. Ihre Malerei war wieder weicher, wieder expressionistischer geworden. Das kalte, konstruktivistische war verschwunden und hatte einer neuen Weichheit und Farbigkeit Platz gemacht. Porträts und Kinderbildnisse überwogen vor Hiddenseer Landschaften. Alles, was sie aufgestellt hatte, gefiel Mellert.

Unter großem Pomp und Lobhudelei lieferte Mellert die Akten und Ermittlungsergebnisse zum Fall Malkowski in Berlin ab. Man schlug ihm auf die Schulter, gratulierte zur erfolgreichen Aufklärung des Falles. Aber es war noch viel zu tun. Die losen Enden der Spuren waren zu verknüpfen. Von den zehn Opfern auf dem Darß und Usedom konnten sechs Namen ermittelt werden. Sie waren nun keine unbekannten Opfer, sondern hatten Namen und Familie.

Zwei Leichen fand man im Wald von Müggenburg bei Zingst und vier bei Uekeritz und Kölpin. Alle stark verwest und vom Tierfraß zerstört. Malkowski arbeitete fleißig mit, er hoffte durch seine Mithilfe auf Hafterleichterung. Die SS holte ihn eines Tages aus der Untersuchungshaft und nahm ihn in sogenannte Schutzhaft, angeblich, um ihn vor Zugriffen der anderen Häftlinge zu schützen. Und der Presse war die ganze Sache nur eine kleine Notiz wert.

Mellert und Schmittchen schrieben einen langen Abschlussbericht und der Staatsanwalt eifrig an seiner Anklage. Man wollte nicht lange auf einen Prozess warten. Mellert wusste nichts davon, er hatte inzwischen einen anderen Fall.

Mitte November 1933 saßen drei Herren in Gebberts Büro. Auf dem Tisch der Sitzgruppe glänzten drei Cognacgläser, ein dicker Ordner lag in der Nähe und im Aschenbecher verrauchte Gebberts Zigarette.

Nachdem Mellert seinen Bericht ‚feierlich‘ übergeben hatte, trat Schweigen ein.

»Malkowski ist nicht mehr in Plötzensee«, sagte Gebbert nach einer Weile.

»Und nun?«

Gebbert zuckte mit den Schultern, sah erst Schmittchen an, dann Mellert. »Gestapa oder SA. Auf persönlichen Befehl Diehls [9]. Ich werde mich drum kümmern. Irgendwie.« Er schwieg einen Moment und blickte zu Boden. Mellert winkte ab. Er hatte gehört, dass Malkowski auf rätselhafte Weise verschwunden war. Tatsächlich hatte ihn die SS in ein Konzentrationslager

---

[9] Rudolf Diehls, von 1933 bis April 1934 Chef der Gestapa

verfrachtet. Der Kommissar hatte keine Lust darüber zu reden. Das glaubte ihm doch keiner. Gebbert hob er den Kopf: »Was machen Sie beide demnächst?«»«

»Urlaub. Drei Wochen Urlaub«, brummte Mellert.

»Genehmigt. Wo soll's hingehen?«

»Erzgebirge«, Schmittchen verdrehte schwärmerisch die Augen. »Ein bisschen Skilaufen.«

»Und Sie, Mellert?«

»Venedig. Verspätete Hochzeitsreise.«

»Fein. Wann wollen Sie los?«

»Bald. Übermorgen?«

»Gut. Kommen Sie morgen noch einmal zu mir. Unbedingt! Und denken Sie daran, dass der Prozess im Januar beginnen soll. Wir müssen uns noch vorbereiten.« Gebbert blinzelte mit den Augen.

»Das schaffen wir, Herr Direktor.« Mellert grinste breit. Er griff nach seinem Glas, hob es an. »Dass alles, was wir uns wünschen, werden möge, meine Herren.« Sie prosteten sich zu und kippten die scharfe Flüssigkeit in ihre Kehlen. Mellert stand auf. »Herr Direktor, empfehle mich. Kommen Sie, Schmittchen.«

Das alles war schon lange vorbereitet; Ihr Haus gut gesichert, die Möbel und alles Wichtige und Wertvolle in einem Lager im Süden Berlins, die Koffer gepackt. Dem war ein langes Gespräch mit Marie vorausgegangen. In einem waren sich Marie und Mellert einig: Dieses System war nicht ihres. Mellert hatte gesehen, wie die SA ihre Gefangenen in den Kellern des Polizeipräsidiums behandelte. Er war in Oranienburg gewesen, hatte die Wirklichkeit gesehen und nicht das, was man dem Roten Kreuz auftischte. Und er las die Zeitungen, hörte die Reden und sah die Aufmärsche und spürte Feindseligkeit. Und er ahnte voraus, was sechs Jahre später brutale Wirklichkeit war: Krieg. Und auch Marie sah es.

Sie fuhren zum Polizeipräsidium. Der Mercedes war vollgeladen. Etliches ihrer Ausstattung würde ihnen hinterherreisen, per Schiff, wenn sie in Sicherheit waren.

»Übrigens, Malkowski wurde tatsächlich in ein KL überstellt. Gennat hat getobt wie ein Berserker und den Müller aus seinem Büro geschmissen. Hoffentlich geht das gut.« Mellert stellte sich vor, wie der dicke Chef in die Luft gegangen war. Aber irgendwie interessierte er sich nicht mehr für den Fall. Er hatte seinen Mörder gefunden, der Rest war Angelegenheit der Justiz. Er hob die Schultern und sah Gebbert an. Der winkte ab. »Ich bewundere Ihre Entschlusskraft.« Gebbert seufzte und überreichte ihm einen dicken, braunen Briefumschlag.

»Und ich wünsche Ihnen, dass das alles hier bald ein gutes Ende nehmen möge.«

Gebbert schwieg vielsagend. »Lange kann's ja nicht mehr dauern.« Die Männer hatten sich fest umarmt und Gebbert Maries Hand geküsst. Und dann waren Mellerts gegangen – in den »Urlaub«.

Der Mercedes brummte zufrieden, als sie den Brenner erreichten. Die Mellerts waren müde und geschafft, aber der Inspektor wollte sich nicht zu lange in der Nähe Deutschlands aufhalten.

Der Aufstieg von Innsbruck über die Brennerstraße hatte es in sich gehabt. Schnee war gefallen, nass, glatt und wieder schnell dahinschmelzend. Einmal blieben sie stehen, um zu warten, dass die Kühlung *normale* Werte annahm. Die Österreicher winkten sie durch, nur ihre Pässe mussten sie vorweisen. Auf der italienischen Seite begegnete man ihnen zuerst mit Mistrauen. Doch der nette ›Kaufmann‹ Mellert, vor allem aber seine schöne Gattin und die baci bambini, die Eindruck auf die Carabinieri machten, ließen sie fünfe grade sein: »Gute Weiterfahrt, Madonna, Signorina e Ragazzi, Signore. Und schönen Urlaub in Venedig, die Herrschaften.« Annama und Paul winkten noch lange aus dem Rückfenster den netten Polizisten.

Kurz hinter dem Brenner übernachteten sie zum zweiten Mal auf der Tour. Eine kleine Pension an der Straße. Die Gastgeberin war eine italienische Offizierswitwe, die ihren Mann im Kriege verloren hatte und nun ihren Lebensunterhalt mit der Vermietung der überzähligen Zimmer verdiente. Hinter Bozen fuhr Mellert in Richtung Verona weiter und bog nicht ab. Genua war ihr Ziel, und nicht Venedig, und ein Dampfer, der sie nach Amerika bringen würde. Die Passage war gebucht. Der Kaufmann Schmitz aus Köln mit Gattin samt Kindern, im Auftrage der ›Chemischen Fabriken Leverkusen AG‹, auf dem Wege nach Kuba, um dort Geschäfte zu machen. Das Visum galt für drei Monate. Sie hatten noch eine Woche Zeit, um Genua zu erreichen. Und ihr Auto trug jetzt Kölner Kennzeichen von einem beschlagnahmten Wagen aus der Garage des Polizeipräsidiums.

In Verona konnten sie zum ersten Mal ruhig schlafen. Das Hotel lag in der Mitte der Stadt, ihr Auto stand auf dem Hof, quasi nicht sichtbar. Sie gingen durch Verona, bewunderten die große Arena, saßen in einer Trattoria zum Essen draußen, tranken Rotwein und liefen sich danach die Füße wund. Mellert trug Paul auf den Schultern, Annama sah in jedes Schaufenster, wie ihre Mutter. Das Wetter war trocken, kalt, sonnig. Und die Luft roch nach Rauch aus vielen Essen. Ein Trupp Schwarzhemden marschierte über den Platz vor der Arena und machten Paul Angst. Überall hingen Fahnen der *Partito Nazionale Fascista* und Plakate mit dem Konterfei Mussolinis. Im Hotel dagegen war es vornehm, aber kühl. Sie aßen noch zu Abend, dann gingen sie zu Bett.

Marie hatte sich auf den rechten Arm gestützt. »Mellert, ick liebe Dir«, sagte sie in einem hilflosen berlinisch. Unter der dünnen Bettdecke zeichneten sich ihre Kurven ab. Sie warf einen Blick über Mellerts Schulter, die Kinder schliefen tief und fest. »Kommst Du unter meine Decke? Mir ist kühl.«

»Nur kühl, Signora?« Er fühlte Maries Haut, die alles andere als kühl war. Sie hatte nichts weiter an, außer ihren geliebten Seidenhöschen. Marie half ihm, aus dem Pyjama zu kommen, dann fiel sie über ihn her, mit einer Leidenschaft, wie er sie schon lange nicht mehr bei ihr erlebt hatte. Und ihm erging es ebenso. Zum Höhepunkt drückte er Marie an sich, und sie atmete ihm ins Ohr. »Mellert, Mellert«, flüsterte sie, dann lag sie still. Und nach einer Minute begann sie ihn zu küssen und zu streicheln und noch einmal von vorn. Und sie erlebten einen zweiten Höhepunkt (Mellert etwas eher, was ihm peinlich war) und blieben fest umarmt, bis sie tief eingeschlafen waren.

Beim Frühstück fragte Annama: »Mami, hast Du heute Nacht geweint?« Und während Paul an seinem süßen Milchbrötchen kaute und den Speisesaal beobachtete, Mellert einen tiefroten Kopf bekam, lächelte Marie ihre Tochter an. »Ja, mein Täubchen. Vor Freude. Weißt Du.«

»Weil wir verreisen, Mami?«

»Ja. Und weil ich weiß, dass es eine lange und eine schöne Reise werden wird.« Annama nickte ernsthaft. »Das glaube ich auch, Mami.« Mellert atmete tief aus und versteckte sich schnell hinter der Kaffeetasse, um nicht laut loszuprusten.

Genua empfing die Familie launisch. Mal regnete es, dann schien die Sonne. Es war windig. Der Wind kam über das Mittelmeer und wühlte das Wasser draußen auf. Es roch nach Hafen: nassem Holz, Fischen, brackigem Wasser und dem Rauch der Dampfer an den Kais. Vom Hotel aus sahen sie über den Hafen und das ›baccino porto veccio‹. Boote, Schlepper, Großsegler und Dampfer lagen am Kai, fuhren aus oder kamen ein. Auf der Uferstraße herrschte ein Betrieb wie im Hochsommer. Mellert stand mit Paul an der Hand auf dem Balkon und beschrieb seinen kleinen Sohn, was dort unten passierte. Morgen. Morgen ist der Tag! Und wenn sie auf hoher See waren, wenn sie die Küste nicht mehr sahen, dann würden sie einen Korken knallen lassen. Morgen …

EPILOG

Annama und Paul genossen das Schaukeln des Schiffes, einem Fracht-Passagierdampfer der neuesten Bauart, und rannten den Gang an den Passagierkabinen hin und her – mehr Annama, denn Paul, eben frisch des Gehens mächtig, teilweise, stolperte oder kroch er auf allen Vieren aber lachend den schwankenden Gang entlang. Marie lag flach und verfluchte Neptun und Zephyros, den Westwind und die Seekrankheit und überhaupt die christliche Seefahrt. Mellert hielt sich tapfer, denn einer musste auf die Kinder aufpassen, die Stück für Stück das Schiff, die Passagiere und die Mannschaft eroberten. Der Inspektor brauchte alle Kräfte, um zu verhindern, dass seine Kinder von hinten bis vorne verwöhnt wurden. Als sie einen ruhigen Seetag erwischten, saßen Paul und Annama auf den Armen des Kapitäns im Allerheiligsten und Annama durfte sogar am Steuerrad drehen. »Meer!«, rief Annama begeistert. »So groß!«

Kuba empfing Mellerts freundlich und mit strahlendem Sonnenschein, auch wenn die Überfahrt recht stürmisch gewesen war. Ihre Zimmer im Hotel *Nacional de Cuba*, nagelneu, wahnsinnig chic und wahnsinnig teuer, bezahlte Marie. Gut, wenn man einen Teil seines Geldes im Ausland hat, murmelte Mellert, war's aber zufrieden. Sie telegrafierten Epsteiner ihre Ankunft, und wenige Tage später trafen Epsteiners in Havanna ein. Das Wiedersehen wurde ein einmaliges Fest. Annama freundete sich (wieder) mit Levke an und Paul durfte, als geduldetes Anhängsel, die beiden Mädchen begleiten. Mellerts und Epsteiners schmiedeten Pläne. Es war klar, dass es schwer würde. Sie waren Fremde, Emigranten, Entwurzelte, die nicht einmal die Sprache kannten. Was also konnten, sollten Mellerts in Kuba anfangen?

1936. Nach der Olympiade. Der Zustrom an Emigranten im Jahr nahm wieder enorm zu und riss nicht ab. Juden, Kommunisten, Wissenschaftler, Künstler und andere politisch Verfolgte strömten nach Kuba. Die Administration internierte die meisten, trennte sie voneinander. Mellerts hatten Glück. Sie kamen elegant aus ihrem Urlauberstatus in die Immigration. Mellert half in der Ausländerbehörde bei der Registrierung der Flüchtlinge, gab Tipps und hörte Neuestes aus Deutschland. Marie malte. 1938 fanden sie sich in Washington wieder. Epsteiner und Mellert berieten eine geheime Organisation des Militärs, machten Übersetzungen, interpretierten Meldungen und Berichte aus Deutschland. Ein Jahr später machte Epsteiner etwas Anderes, Geheimeres, er sprach nicht darüber. Inzwischen hatte Hitler sich Österreich einverleibt und die Tschechoslowakei annektiert. Er betonte in seinen Reden unbedingten Friedenswillen, aber wenn die Engländer und Franzosen nicht so wollten – was sollte er tun? Und währenddessen bereitete die Wehrmachtsführung den nächsten Schlag vor.

Gebbert gelang es, einen Brief, an den Augen der Gestapo vorbei, nach Amerika zu schmuggeln. Ein Flüchtling brachte ihn mit. »Aaron hat es richtig gemacht«, schrieb er, »Für die Juden wird es schlimmer und schlimmer. Immer mehr verschwinden, werden angeblich in Arbeitslager ›verschickt‹. Man sieht sie nie wieder. Es gibt keinen Widerstand.« ›DAS‹, so fürchtete Mellert, würde doch nicht so schnell beendet sein, wie er und Gebbert gehofft hatten.

Und ein Jahr später öffnete sich die Hölle; Hitler überfiel Polen, der Zweite Weltkrieg war geboren.

21. April 1945. Der ›Führer‹ war in seinem Bunker unter der Reichskanzlei eingeschlossen. Rundherum stand die Rote Armee. Verbissen bereiteten Marschall Shukow und die Generäle den Fall Berlins vor. Der Krieg hatte schon zu lange gedauert. Zu viele Menschenopfer waren zu beklagen, dennoch schwadronierte Hitler vom Endsieg, plante Gegenschläge mit Armeen, die kaum noch bestanden und seine Palatine krochen um ihn herum und nickten, wie seit zwölf Jahren.

Der Geburtstag des Führers fiel entschieden bescheidener aus als alle Jahre davor. Und während sich der Ring um die Reichkanzlei immer enger zog, standen draußen, etliche Kilometer weiter westlich, die Alliierten in der Nähe von Torgau. Noch vier Tage und sie würden sich mit der Roten Armee an der Elbe vereinen. Fünf Tage später beendete der schlimmste aller Diktatoren des Zwanzigsten Jahrhunderts sein Leben durch Selbstmord. Und dann endlich kapitulierte Deutschland am zweiten Mai in Berlin-Karlshorst. Es war Frieden, es war so seltsam still in Deutschland, während die Welt feierte.

Nur ein paar Wochen später stand ein amerikanischer Colonel vor der Ruine des Berliner Polizeipräsidiums am zerstörten Alexanderplatz, neben ihm ein Zivilist in dunklem Mantel und schwarzem Hut. »Das also ist der klägliche Rest«, stellte Mellert fest. Menschen gingen an ihnen vorbei, bepackt mit Koffern, Rucksäcken. Manche schoben Fahrräder neben sich her, andere zogen Handwagen. Er rückte die Mütze zurecht, streifte Handschuhe über die Hände, denn es war kühl. *Was mag aus Gebbert geworden sein?,* fragte er sich und dann seinen Nebenmann. »Was meinst Du, Epsteiner? Ob Gebbert noch lebt?«

»Ich hoffe. Und dass er ein anständiger Mann geblieben ist.«

»Wer weiß. Lass uns zu ihm fahren.« Sie bestiegen einen Jeep. »Nach Charlottenburg.« Der Fahrer nickte. Er war ein berliner Taxifahrer, ein Kommunist, der der Tötungsmaschinerie der Nazis irgendwie entgangen und frisch aus dem Zuchthaus Brandenburg befreit worden war. Sie hatten ihn unterwegs auf einer Chaussee aufgegriffen und als Fahrer eingestellt. Nun passierten sie, an Trümmerbergen vorbei, die Straße *Unter den Linden* zum *Brandenburger Tor* mit der zerschossenen Quadriga, sahen rechts den ausgebrannten und zerschossenen Reichstag, fuhren die *Charlottenburger Chaussee* hinauf auf die *Bismarckstraße.* Der große Platz Knie war zerbombt, das ehemals stolze Hotel »Fürst Bismarck« war von Granaten zerschossen, die Häuser ringsherum ausgebrannt. Je weiter sie sich vom Stadtzentrum entfernten, desto geringer waren die Zerstörungen, aber immer wieder waren Lücken in den Häuserreihen, wo eine Bombe, gezielt oder nicht, getroffen hatte. Es standen immer noch ausgebrannte Straßenbahnen quer über die Straße, gedacht als letzte Barrikaden gegen die ›Russen‹. Zerschossene Panzer, Geschütze, Pkw und Militärlaster rosteten vor sich hin und waren schon Spielplatz der Kinder. Menschen liefen, mit Gepäck beladen, in alle Richtungen, wie Ameisen, die vergessen hatten, wo ihre Wohnungen waren. Eine Kompanie sowjetischer Infanterie marschierte vorbei, der Offizier begrüßte sie stolz und stramm im Vorbeimarsch. Die Soldaten sangen lächelnd ein schwermütiges russisches Lied.

Sie bogen in die *Richard-Wagner-Straße* ein. »Halt, hier muss es sein.« Sie hielten vor einem grauen Haus. Die Fenster waren mit Pappe und Papier verklebt. Mellert und Epsteiner stiegen aus. Die Haustür stand offen. Sie stiegen die wenigen Stufen zum Erdgeschoss und dann in den dritten Stock. Die Wohnungstür rechts war eingetreten, sie hörten betrunkenen Gesang und eine schrille Frauenstimme, die fürchterlich keifte. Auf der anderen Seite klebte an der Tür ein Zettel. ›Miesbach, Gebbert‹ stand darauf. Epsteiner klopfte.

Nach einer geraumen Zeit hörten sie das Schlurfen von Schritten, dann öffnete sich die Tür einen Spalt. »Na?«, fragte ein Gesicht im Dunkeln.

»Wir suchen Herrn Gebbert.«

»Is nich da.«

»Und wo können wir ihn finden?«, fragte Mellert das Gesicht.

»Weeß ick doch nich.«

»Genug jetzt!« Epsteiner drückte gegen die Tür. Das Gesicht zog sich zurück. »Georg, hier sind Amis. Die wollen den Gebbert sprechen«, hörten sie es sagen. Da standen Mellert und Epsteiner bereits im Flur. Es roch nach Kohlsuppe. Eine Tür öffnete sich. Im Rahmen stand ein Mann im Unterhemd und grauen Militärhosen, dem der rechte Arm fehlte. Neben ihm das Gesicht, das, wie sich herausstellte, einer hübschen, schlanken, mädchenhaften Frau in einer Wickelschürze und Kopftuch gehörte.

»Herr Gebbert ist nicht da, meine Herren. Er wird in einer Stunde zurück sein. Wollen Sie warten?«

»Ja. Wollen wir.«

Der Mann trat zu Seite. »Nehmen Sie Platz.« Er sah sich um. »Tut mir leid, ich kann ihnen nichts anbieten.«

»Macht nichts.« Sie setzten sich um einen runden Esstisch und schwiegen.

»Darf ich fragen, was Sie von Herrn …«

»Dürfen Sie nicht«, schnappte Epsteiner.

»Doch, das dürfen Sie.« Mellert sah Epsteiner scharf an. »Herr Gebbert ist ein ehemaliger Kollege von uns. Wir hofften, dass er das Regime überlebt hat, und dachten, es wäre ihm recht, wenn wir ihn aufsuchten.«

Der Armlose musterte Mellert scharf. Dann fragte er: »Sind Sie Mellert, Inspektor Mellert von der Mordkommission?«

Colonel Mellert, ehemaliger Inspektor der Berliner Kriminalpolizei war verblüfft. »Ja?«

Der Mann stand auf. Er ging zu einem großen Buffet, bückte sich und holte aus den Tiefen des Schrankes eine Flasche Hennessy hervor. »Friedel! Bringst Du uns bitte drei Gläser?« Er sah zur Tür. »Meine Verlobte«, erklärte er. »Ja!«, klang es über den Flur. Der Mann setzte sich. »Miesbach.« Er machte eine militärisch kurze Verbeugung. »Ehemals Major der Wehrmacht. Ich wurde bereits dreiundvierzig verwundet, Ostfront.« Er blickte auf seinen Armstumpf. »Irgendwo auf einem russischen Feld liegt jetzt mein rechter Arm.« Er winkte ab. »März vierundvierzig wurden wir ausgebombt, im Wedding. Alles hin. Das Haus ist nur noch ein Trümmerberg. Herr Gebbert war so freundlich mich und meine Verlobte aufzunehmen.« Er schenkte die Gläser voll, griff mit der linken danach und hob es hoch. »Auf Rat Gebbert und die Menschlichkeit.«

»Rat?« Epsteiner war verblüfft. Er hatte sein Glas noch nicht angefasst.

»Ja.« Miesbach stellte sein Glas wieder auf den Tisch. »Nach Gennats plötzlichen Tod neununddreißig, wurde er zum Kriminalrat berufen. Ein feiner Kerl.«

»Und woher kennen Sie Herrn Gebbert?«

»Aus dem Polizeipräsidium. Ich habe nach der Genesung als Archivar gearbeitet. Daher kenne ich Mellert. Er hat mich `rausgehauen, wie man so schön sagt. Im Juli, August vierundvierzig.« Der Mann war aufgestanden und ging hin und her. Er sah die fragenden Gesichter der Besucher. »Der Putsch gegen Hitler, das Attentat. Stauffenberg und so weiter.« Jetzt begriffen Mellert und Epsteiner.

»Und woher wissen Sie meinen Namen?«

»Er hat ne Menge von Ihnen erzählt, und dass Sie nach Amerika verschwunden wären. Und er hat sie gut beschrieben. Und, naja, er hatte immer gehofft, dass Sie eines Tages nach Deutschland zurückkehren würden, wenn Frieden herrscht …«

Die Stubentür öffnete sich knarrend. »Guten Tag.« Es war Gebberts leicht knarrende Stimme.

Mellert stand langsam auf. Epsteiner blieb sitzen. Im Türrahmen stand Gebbert. Um Jahre gealtert, in einem dunkelgrauen Mantel an dem Putzstaub haftete, den Hut in der Hand. Wenn auch nicht mehr so chic wie früher, so doch immer noch korrekt gekleidet. »Mellert – Epsteiner - Bei den Göttern! Sie sind's!« Er schnappte sich einen Stuhl, setzte sich, so wie er war, sah zu Mellert hoch, dann zu Epsteiner und wieder zurück. Dann erblickte er die Gläser voller Cognac, langte sich das erste Beste und trank es in einem Zug leer.

* * *

Fortsetzung folgt

ANHANG

DRAMATIS PERSONAE

Anna-Louise Epsteiner, geb. Meiser, Malerin, 26, geboren 1896 in Pankow bei Berlin, kam 1914 nach Hiddensee, nachdem sie erfolgreich drei Bilder (Landschaft mit Schäfer, Die Pankower Kirche im Nebel, Die Breite Straße in Pankow) erfolgreich verkauf hatte, Vater Beamter, erst in Pankow, seit 1920 im Bauamt im Berliner Rathaus, Mutter Hausfrau, gegenwärtige Freundin Berganders, Autodidaktin, liebt Impressionisten.

1,65, braune lange Haare, griechisch-römische Gesichtsform,

Levke Epsteiner, geb. 05.04.1933, Tochter

Marie Mellert, geb. Schulze-Bergen, Malerin und Grafikerin, sehr erfolgreich und Tochter wohlhabender Eltern, Vater Rentier aus dem Verkauf seines Maschinenbaubetriebes in Reinickendorf (Schulze & Cie. Maschinenbau AG), Mutter Erbin des Vermögens der Kaufmannsfamilie Berger aus Hamburg, 27, 1,71, mittelblond, blaugraue Augen, lange, leicht gelockte Haare, rundes Gesicht, lacht gerne.

Kam 1920 nach Hiddensee, nachdem sie von der entstehenden Künstlerkolonie gehört hatte. Lernte auf der Handwerksschule Berlin Grafik und Zeichnen, und wechselte zur Berliner Kunstschule. Kennt alle bekannten Mitglieder der Akademie der Künste. Mit Friedrich Mellert seit 1930 verheiratet,

Tochter Anna-Marie, genannt: **Annama,** geb. 15.06.1930

und Sohn **Paul,** geb. 09.10.1932

Werner Malkowski alias Herbert Thieße, geb. 1898 in Anklam, einziges Kind, Mutter starb während der Geburt seines Bruders (1890). Wurde von Großmutter und Vater erzogen. Spannungsfeld Großmutter – Vater (Trinker seit 1870er-Krieg), bekannt als brutaler Schläger. Hilfsarbeiter in einer Tischlerei in Anklam.

Malkowski: Begonnene Schlächterlehre, Kriegsfreiwilliger 1914, bis Kriegsende Westfront, genannt ›Bajonett‹ oder ›Der Stecher‹. Überlebte einen Gasangriff bei Ypern. Mehrfach degradiert wegen Disziplinverstößen, zuletzt kurz vor Kriegsende, 1918 verwundet und als Gefreiter entlassen worden. Freikorps bis 1920, in Unehren entlassen wegen Insubordination. Arbeitslos, dann Hilfsarbeiter in einer Fleischerei in Pasewalk und später im Anklamer Hafen. Seit 1927 wieder arbeitslos. Gutaussehend und Frauenschwarm. Hat mehrmals die Wohnung gewechselt. Erster Mord wahrscheinlich schon 1921 an einer jungen Frau (Name unbekannt, Leichenfund ca. 5 km hinter Anklam in einer Flussbiegung), die er laut Geständnis in die Peene geworfen hatte. Weitere gestand Malkowski bei der Verhaftung zwischen 1922 und 1931 auf Usedom und dem Darß.

Die Opfer:
1 Unbekannte Tote (1921)

6 Unbekannte Tote auf Hiddensee (1921), entdeckt 1932, teilweise skelettiert oder stark verwest, konnten Malkowski zugeordnet werden, da er die Ablageorte kannte,

(Weitere gestanden: zehn Morde von 1922 bis 1931 auf dem Darß und Usedom), später teilweise identifiziert,

Fundorte auf Hiddensee:
Nele Mellenthin (1932)
Antje Kramer (1932)
Frederike Klauser (1932)
Josephine Müller (1932)
Marte Scholz (1932)
Hermine Meierhof (1933)
Agnes Klausner (1933)
Gertrud Laschke (1933) – wurde gerettet.

Insgesamt 24 gestandene und/oder nachgewiesene Morde.

Galerist: Heinz-Herbert Hollaender, HHH-Galerie in der Friedrichstraße.

Wilhelm Lüdenscheid, Direktor im Ruhestand und **Sophie Lüdenscheid,** Cousine von Marie Schulze-Bergen,

Frau Schwertheim, Hausdame bei den Lüdencheids
Sofie Lemberg, (22) angehende Schriftstellerin, Tochter eines Reeders in Saßnitz, vermisst. Sehr wahrscheinlich das erste Opfer Malkowskis.

Die Mordkommission

Friedrich Mellert (52), Chef aus Münchberg in Bayern, zurzeit Kriminalinspektor in Bergen/Rügen
Aaron Epsteiner, Kommissar, direkt Mellert unterstellt,

Hergert Müller, Kommissar,
Fränzel, Karl-Georg, Kommissar
Hans Schmittchen, Kommissar, genannt Schmitti

Die Spurensicherer:
Kommissar **Keller**, ein studierter Chemiker
Assistent **Herger**, ein Arzt
Assistent Klaustaler, ein Mechaniker

Ernst August Ferdinand Gennat »(* 1. Januar 1880 in Plötzensee; † 21. August 1939 in Berlin) war ein Beamter der Berliner Kriminalpolizei. Mehr als 30 Jahre lang arbeitete er unter drei politischen Systemen als einer der begabtesten und erfolgreichsten Kriminalisten Deutschlands. Schon zu Lebzeiten Legende und Original gleichermaßen entsprach er nicht dem klassischen Klischee des engstirnigen preußischen Beamten.

Hinter seinem Rücken wurde er von seinen Kollegen freundlich oder hämisch »Buddha der Kriminalisten« oder »Der volle Ernst« genannt. Diese Spitznamen spielten auf seine imposante Körperfülle an.«
Quelle: Wikipedia

Chefinspektor **Berger**, Stralsund
Inspektor **Sulzheimer**, Stralsund
Kriminaldirektor Gebbert, Berliner Polizeipräsidium, zuständig für Preußen
Piet Langhans, Fischer in Neuendorf, Zeuge

Die »Mantelbande«
Ludwig Baltasar Nurlichkeit, genannt Gelbzahn, faktischer Chef der Mantelbande, verurteilt 1923 zu 10 Jahren Zuchthaus

Schroppe, Heinz, Nurlichkeits Leibwächter und Schläger der Bande, verurteilt 1923 zu sieben Jahren Zuchthaus.

Mausberger, Frederic, Schränker und Schläger, Vertrauter des Nurlichkeit, von Hessel und Schroppe ermordet worden

Hessel, Karl-Heinz, der »Schöne«, sogenannter Vollstrecker und Geldeintreiber. Gilt als äußerst brutal. Seit 1923 flüchtig

Schiefelbeiner, genannt, der Doktor, Hochstapler, eingebildeter Künstler, Hat sich in der Untersuchungshaft erhängt.

Sechs weitere Männer aus der Bergener Umgebung, die zur Mantelbande gehören. Verurteilt 1923 zu 2 bis 5 Jahren Gefängnis.

Valentino, Simone, Kunsthändlerin

Valentino, Ludovico Simone, Ehemann der Verdächtigen, 1923 an Herzversagen verstorben

Wichtige Orte

Anklam, Hanse- und Hafenstadt in Mecklenburg,

Kloster, größte Künstlerkolonie der Zwanziger Jahre in Deutschland

Vitte, Fischerdorf, kommendes Urlaubsstädtchen für mittelbetuchte Beamte und höhere Angestellte

Neuendorf, Plogshagen Fischerdorf im Süden der Insel

Bergen, Kreisstadt auf Rügen

Die rote Burg, Polizeipräsidium von Berlin am Alexanderplatz

DIE SERIENMÖRDER DER ZWANZIGER UND DREISSIGER JAHRE

1921: Karl Großmann ermordet mindestens 20 Menschen in Berlin und verspeist sie. Großmann erhängt sich vor dem Ende der Hauptverhandlung 1921.
https://de.wikipedia.org/wiki/Carl_Großmann

1924: Karl Denke ermordet in Münsterberg (heute Polen) mindestens 31 Menschen und isst seine Opfer dann oder verkauft das Fleisch. Denke erhängt sich 1924 in der Nacht seiner Verhaftung.
https://de.wikipedia.org/wiki/Karl_Denke

1925: Friedrich Haarmann (Schlächter von Hannover) beißt zwischen September 1918 und Juni 1924 24 jungen Männern die Kehle durch und zerstückelt die Leichen mit einem Beil. Haarmann wird im Dezember 1925 enthauptet.
https://de.wikipedia.org/wiki/Fritz_Haarmann

1936: Adolf Seefeld missbraucht und ermordet zwischen 1933 und 1935 vor allem in Mecklenburg-Vorpommern mindestens 19 Jungen. Alle Jungen trugen Matrosenanzüge. Seefeld wird 1936 in Schwerin hingerichtet.
https://de.wikipedia.org/wiki/Adolf_Seefeldt

1938: Peter Kürten (Der Vampir von Düsseldorf) tötet 13 Menschen. Ihm werden auch Brandstiftung und Tierquälerei vorgeworfen. Kürten wird durch Enthauptung hingerichtet.

1943: Ein besonders tragischer Fall ist der des Bruno Lüdke aus Köpenick. Angeblich ermordete er seit 1923 in der Umgebung von Berlin und in ganz Deutschland 84 Frauen. Lüdtke wurde 1943 verhaftet, weil er zufälligerweise in der Nähe eines Tatortes auftauchte. Der ermittelnde Kriminalkommissar Franz nutzte die Gelegenheit und die geistige Behinderung Lüdtkes, um selbst die unwahrscheinlichsten Taten dem Beschuldigten zuzuschanzen. Der Verdacht liegt nahe, dass Franz nicht als Soldat an die Ostfront versetzt werden wollte und deshalb Lüdtke als willigen Täter nutzte. Lüdtke starb unter ungeklärten Umständen am 8. April 1944 im kriminalmedizinischen Zentralinstitut in Wien, Franz kommt an die Ostfront und fällt wahrscheinlich 1944 oder 1945.

Quelle: Spiegel online